寫小說，專攻散文。但是散文靈感的泉源往往完全來自現實，因此，生活一成不變、平凡刻板的我，便常有靈感枯竭的恐慌。

正由於個人生活範圍不廣，讀者們也許會發現，我寫作的題材總是離不了音樂、藝術、詩詞、花花草草、大自然美景、親情和旅遊。這一類的題材可能有點狹窄；但是，我多年來的性向和愛好未變，也證明了我的擇善固執，以及仍然擁有一顆年輕的心。

本書所收集的文章都發表於這五年之內，而大多數則是近兩三年的作品。儘管如此，由於世局的瞬息萬變，這裡面所記敘的事物，有不少竟成為明日黃花，甚至歷史陳蹟，真是令人感慨萬千，自覺真的「追」不上時代。

筆耕四十年，回首來時路，雖然沒有萬花如錦、繁華滿眼；但願今後能夠「老樹春深更著花」。

畢　璞

中華民國八十二年春

老樹春深更著花

目次

山水篇

心情篇

音樂、詩歌、花草樹木，以及一切美好的事物，都是我情之所寄。

短歌兩闋

母親教我的歌

「兩個月前，兩個孩子都進了一家音樂學校修鈴木教學法的鋼琴和小提琴，一週上一節課，家長必須參與。老大才五歲，老二四歲，他們起步這麼早，眞令我羨慕（我可是二十八歲才半路出家的）！當然，這是因爲他們有學音樂的環境，不過我也很感激媽對我自幼的啓蒙。坊間有些名歌唱家的唱片，往往以『Songs My Mother Taught Me』爲總標題，表示獻給他們的母親，感謝她對他們早年的栽培。」

「不久以前，我到林肯中心的愛樂廳去聽排練。本來是爲了下半場的曲目而去的，當時上半場柴可夫斯基的第五號交響樂還沒排完，剛演奏到第二樂章完畢，進入較明亮的圓舞曲第三樂章，接着一段過渡後，不休止進入終樂章堂皇的進行曲主題｜3・33 4・32｜3 0｜— —｜

聽着聽着，一種溫暖親切的感覺向我襲來，竟使我眼眶濕潤，不能自已。媽，這是我們兄弟幼時您常常跟我們一起欣賞的樂曲之一啊！別後這麼多年，您還有沒有在聽呢？……」

這是大兒從紐約寄回來的家信中的兩段。他說他聽了柴可夫斯基的那段樂曲而眼眶濕潤，我卻是讀了他的信而熱淚盈眶。現代人眞是可悲而又可憐，成年子女總是無法跟父母長住在一起。並非他們不想跟父母一起，而是時勢所逼，爲了學業，爲了事業，年輕一代寧願遠走高飛，自闖天下。這種情形，不獨我家如此，社會上一半的家庭也如此。算一算，大兒去國竟已十六年，「梨園子弟江湖老」，他也進入哀樂中年，早生華髮了。

他們兄弟小時，此間還沒有電視，家家戶戶都只靠一部收音機來排遣睡前的時光。而他們兄弟能夠受到古典音樂的薰陶，也是靠着一部收音機。

兒子說我是他學音樂的啓蒙人（我也常說先父是我喜愛文學的啓蒙人），我覺得很慚愧，因爲我只是誘導他們去接觸音樂、欣賞音樂而已，我本身對音樂也只是個門外漢。

我常常這樣想：父母子女之間，除了天性和親情之外，是不是還需要有一些別的東西來維繫他們的關係呢？一些共同的愛好，應該是加深他們關係的最佳媒介吧！怪不得大兒寫的家信讀來總是比較動人，原來，在每封信中，除了談近況，談家事外，他總是不忘把音樂方面的事帶上幾筆（有一次，他還抄了幾段古典名曲的五線譜來考我）。因爲，音樂正是維繫我們母子感情的一個重要因素。

少年時代的老歌

好久沒有碰我的電子琴了，因爲我沒有時間也不肯去學指法，始終不會彈，興趣就越來越低落。有這麼一天，心情有點抑鬱，甚麼也不想做，感到百無聊賴，不知如何去消磨永晝。我隨便往琴前一坐，掀起琴蓋，把按鍵按到「鋼琴」上，用一隻手指隨意敲打着。一面，打開樂譜一頁頁的翻看。爛熟的，不想彈；陌生的，不會彈；不愛聽的，也不想彈。這樣，心情越來越鬱悶，無力的手指敲打出來的琴音也越來越冷寂、生澀，意興也更闌珊。

當我翻到歌譜的後面幾頁時，忽然，「阿富頓河」這個歌名出現在我眼前。

5 | 1 1 3 2 | 1 1 5 | 6 1 6 | 5 — 5 | ……

這熟悉的、心愛的、柔美的旋律便自然地輕輕地從我的口中哼出，一面，生硬的手指就拙劣地把這首久違的，幾乎是我最喜愛的歌曲彈奏出來。一曲告終，心情立刻爲之好轉，意興也跟着飛揚起來。

我把歌譜一頁頁翻下去。啊！「羅莽湖」、「安妮羅莉」、「夏日最後的玫瑰」、「問我何由醉」、「秋夜吟」……這些蘇格蘭或者愛爾蘭的民謠，都是極爲抒情，極爲悅耳的，我從高中時代便對這些歌曲鍾情不已，到現在仍然不改初衷。只是多年沒有開口唱歌，這些歌譜早已塵封；如今，故友重逢，那份溫馨，那份欣悅，又怎不令人狂喜？

儘管美麗的旋律被我拙劣的琴音詮釋得荒腔走板，盡失原味；但是，我把我這些少年時代最喜愛的老歌彈了一首又一首之後，心中的煩惱卻全部不翼而飛，又恢復了平日的愉快。啊！何以解憂，唯有音樂！怪不得專家們說莫札特的音樂可以治病。短命的英國詩人濟慈也說過：「讓我死時獲得音樂，我再也不用找尋其他的快樂了。」

像是天使言語般的音樂，眞是撫慰心靈的良藥。

目遇之而成色

牡丹綠葉

多少年了，早九晚五的刻板辦公廳生涯，已使我漸漸消失了風花雪月的閑情，一身的俗氣似乎已把靈氣驅走殆盡，連自己也感到面目可憎起來。

然而，不久之前我卻在無意中有了一次賞月的雅興。那夜的晚飯後，我照例下樓去丟垃圾（這也是我每天的「運動」項目之一），偶然抬頭，在樹枝的隙縫間看到一輪淡紅色的初升的圓月。哦？原來今天是十五！這是個雲淡風輕的夜晚，天氣好得不能再好。很久沒有看到月亮了，如今既然偶遇，何不就隨緣踏月去？

就這樣，我趿着拖鞋走上附近的河堤上。這裡高出路面很多，前面就是新店溪，視野遼濶，是賞月的好去處。這時，月亮已高懸天幕上，因爲她的四周既沒有雲，也沒有星星，顯得有點孤單和單調。我雖然極力從腦海中找出一些形容月亮美的名詞像「白玉盤」、「水晶盤」、「夜明珠」……等來和目前的景色對比，還是覺得高懸天上的明月比不上剛才在樹枝的疏影中窺人的圓月美。在河堤上，我走了不到十分鐘，竟有點意興闌珊。俗人本來就是俗人，看十分鐘的月亮，還是不會變爲雅士的。

不過，今夜我悟出一個淺顯的道理來：月亮再美，也必須有樹影或者浮雲來襯托，才會有情調，就像牡丹和綠葉一樣。

地上的雲

雲，在人們的心目中，是在天上、山巔、山腰、林梢這些地方看到的，應該是風生水起的。可是，那天我卻明明看到了地上的雲。

那是一個春寒料峭、細雨濛濛的早晨，我坐車經過一處農村。當我正貪婪地眺望着車窗外的遠山、樹林、稻田、草坪、溪水……，好讓久困市塵的身心，可以受到一些大自然綠色的洗禮時；我注意到天上的雲層很低，低到貼在小山的山頂上，甚至橫在山腰間。四周的空氣很潮濕，一切都朦朦朧朧的，像是一幅水墨畫。

然後，我看到了那地上的雲。在稻田後面那間小小的茅屋門前，升起了一道濃濃的白烟。起初，我以爲是炊烟（在現代的臺灣，即使是農村，大概也沒有人使用柴薪或煤炭了吧？）；不過，它又不是從烟突（這間茅屋根本沒有烟突）裡出來，而是直接從地面升起的；而且，說它是烟，又未免太濃密了一點。

正是「花非花，霧非霧」，「非霧非烟亦非雪」；我想，它一定是一片偶然下降到凡間的雲。那天，氣壓很低，微風不生，空氣凝滯得好像不會流動；所以，這一團像是棉絮般的白雲也是定定地停在那間茅屋的門前。這，對那間茅屋的主人而言，也是一種因緣吧？假使我是這間茅屋的主人，我就會對朋友說：「此地何所有，山上多白雲，只可自怡悅，不堪持贈君。」；然而，現實的我卻只是一個偶然的過客，驚鴻一瞥的巧遇，就更加有緣了。

變形的花朵

在一家小吃店中進食，無意向桌子旁邊的窗戶瞄了一眼，想不到，居然讓我看到了一幅絕美的圖畫。

窗戶的玻璃雕有許多小方格的圖案，現在因爲風大而關着。透過半透明的雕花玻璃，我看到外面窗臺上擺設着的幾盆紅色、黃色的小花和綠葉都因爲小方格的透視而變了形，又因爲朦朧而看不清，所以就像某些抽象派畫家刻意經營出來的作品，有着一種奇異的震撼力。

雅潔的小店、愛花的店主、雕花玻璃窗的特殊效果，加上窗外陽光的折射，又使得我這個喜歡獵「艷」的人，增加了一次意外的驚艷的收穫。

透明之美

水、玻璃、水晶、鑽石、羊脂玉、各種寶石，這些透明和半透明的物質，都是我心目中最美的東西。它們的澄明、清澈、潔淨、無瑕，往往使我感覺到那不是屬於塵世和凡俗的；它們應該只應天上有。

然而，我卻是在鬧市一間西餐廳裡充份欣賞到透明之美。在那張舖着白色桌布、點綴着瓶花的長餐桌上，兩列盛着冰開水的玻璃高腳杯整齊地排列着，明亮的燈光從天花板上投射下來，燈光、水光、玻璃的反光，縱橫交錯折射出無數的光芒。雖然那是靜止的光線，但是我卻好像看見它們在舞蹈着，小小的、透明的光之精靈，從這個水杯跳到另一個水杯上，動如兎脫，令人眼花撩亂。

眞意想不到，只不過是餐桌上兩排盛着清水的玻璃杯，也會給我以這樣的美感。就和那在樹葉中窺人的月亮、地上的雲，以及玻璃窗外變形的花朵一樣，是因爲我能夠「目遇之而成色」吧？

偶然

之一

偶然，是多麼可愛的一個字眼。它代表了隨緣、無意、不經意、不着痕跡、刹那間迸發的電光火石……。你無法事先安排，也無法製造機會。它就像運氣一樣，要來就來，你躲也躲不開。

偶然邂逅到一位久違的朋友；偶然聽到渴望已久的好音樂；偶然讀到一篇好文章；偶然……；都會使人獲得意外的喜悅。我就曾經不止一次地偶然看到一些微不足道、平凡之至、別人絕對不會注意到的美景而引起了寫作的靈感。

在一個雨後初晴的午後，偶然打開辦公室因常開冷氣機而久閉的後窗，條忽間，我不禁被後面人家院子之美而驚懾住了。未經人工修整的樹木長得葱蘢而茂密，雨水洗禮過的葉子像是翡翠雕成，晶瑩欲滴、玲瓏剔透。一簇簇盛開的紅色燈籠花垂吊在枝頭，嬌嬈地在風中搖曳着。在簇簇紅花的後面，剛好是一道撐開在窗前的綠色遮陽篷。在紅綠的互相襯托下，在茂密的花木間，看來居然有點熱帶叢林的風味，又像是高更粗獷的畫筆下的大溪地風情。

我這一次「偶然」，可眞是一次心靈上的大豐收。

之　二

又是一次偶然。天天坐這一線的公車，天天在同一的時間走同一的路，爲甚麼從來沒有注意這幅車窗畫，而是只在這一次注意到呢？

是一個雲淡風輕的秋日，在上班的途中，我幸運地得以坐在公車右排的第二個座位，又因爲乘客不算擁擠，所以我得以從正面的車窗眺望街景。當車子在重慶南路向北行駛，走到愛國西路口時，我無意中往前看了一眼，一幅意想不到的美景竟然呈現在眼前：

以車窗爲框，上面是飄浮着幾片白雲的藍天，下面是峰巔上籠罩着雲霧的遠山；遠山的前面是高聳的總統府，總統府前是巍峩的司法大厦；近景是綠樹、大街、車輛、行人。在陽光的照耀下，這一幅看似平常的街景看來是那麼美麗、祥和，不但像是典型的風景明信片，也充分表現了我們國泰民安、社會康寧的景象。

又是一次偶然，才使得我在平常的街景中看到這樣不尋常的車窗畫。爲了這偶然的偶然，我心中充滿對上蒼對我的眷顧的感銘之情。

隨想二題

聽多明哥的歌

報載西班牙男高音多明哥要來華演唱了，對我們這些樂迷而言，這眞是天大的喜訊；可是又聽說一票難求，我是不是可以有機會現場聽到多明哥的歌聲，一睹他的丰采呢？這可是我夢寐以求的一刻啊！

在欣賞音樂的範疇中，我喜愛器樂甚於聲樂。器樂中我最喜歡鋼琴，順序是小提琴、長笛、單簧管、管風琴、大提琴、豎琴……，聲樂則是以男高音爲首，再來是男中音、女中音、女高音、男低音、女低音。我比較愛聽二重唱，獨唱也喜歡，齊唱就不怎麼欣賞了。

從前，家裡只有一部收音機的時代，我們雖然大多數收聽交響樂或鋼琴協奏曲之類的音樂，但是一家人也都瘋狂地愛聽男高音馬里奧蘭沙的歌聲。這位沒有受過正式聲樂訓練、演過電影的歌唱家，非常狂妄自大，自認歌喉勝過義大利的男高音卡羅素。其實，他的歌喉雖然高亢嘹亮，可以騙騙我們這種外行的愛樂者；聽多了，便覺得他的歌聲太過霸道，缺乏內涵。後來，聽到了瑞典著名男高音比約林的唱片，比約林歌聲中溫文儒雅的氣質，馬上就把馬里奧蘭沙比了下去。

這些年，有幸從電視中先後看到世界級首席男高音帕瓦洛蒂和多明哥的演唱會實況，我把這兩次節目錄起來，有空時便慢慢欣賞。這兩位都是大師級的人物，歌喉之美妙，自不在話下。坐在家中而能欣賞到國外一流的音樂會，在大呼過癮之餘，不能不感謝電視機的發明。

現在，多明哥要來了，在他還沒有來以前，我就急着要聽他的歌。除了那次錄的電視節目外，我還有一張原版的多明哥歌劇咏嘆調選，那是兒子從紐約帶來送我的。一個週末的午後，我一面熨衣服，一面就在電唱機上放那張唱片，讓我空閑的耳朵聆聽美音，讓心靈享受盛筵。

這張唱片所選的歌劇咏嘆調幾乎都是我最喜愛的，像「波希米亞人」中的「你冰冷的小手」、「托斯卡」中的「星光燦爛」、「阿依達」中的「聖潔的阿依達」……等蕩氣迴腸的名曲。熨衣服原是最乏味也最令我煩厭的家務；然而，在多明哥亮麗有如金石之音、而又感情充沛的歌聲，以及那些令人柔腸百轉的美妙旋律中，我渾忘熨衣的勞累，我的雙耳縈繞着天使似的歌聲，心靈中滿溢着喜悅，我過了一個豐收的下午。

牽罣

吃過晚飯，把積存在塑膠袋中已一整天的垃圾，拿到街上的垃圾桶裡去丟掉，然後到住在對門的兒子家裡，跟兩個孫兒玩一個鐘頭，這是我每晚的例行公事。偶然有事不能去，必會忽忽如有所失。

有一次，因爲晚飯吃得遲，已抽不出時間去陪孫子玩；不過，還是得下樓去丟垃圾。就在我走到樓下大門口時，聽見小孫兒在他家裡的嘻笑聲。頓時，我感到一陣寬心和安慰，雖然我沒有空去跟他玩，但是現在知道了他正在快樂地玩耍，不就行了嗎？其實，我是過分「鷄婆」，孫兒在自己家裡，有父母照顧，我又何必去瞎操這份心呢？

人爲甚麼會有這麼多的牽罣？像親情，那種牽腸掛肚，一日三秋的滋味，實在不怎麼好受；像工作壓力，我往往爲了構思和設計一些新計畫而弄得徹夜失眠；像自己的本行，經常爲了要寫好一篇文章而嘔心瀝血；有時，又爲了一些瑣瑣碎碎的事而大傷腦筋。人，似乎一生都糾結在自尋的煩惱中。

人有七情六慾，所以會有喜怒哀樂，會有諸般羈絆和牽罣。若能像太上之忘情，六根清淨，心無罣礙，是不是就可以免除一切煩惱呢？想想也不盡然，心中有所牽罣，有時也是一種愛的負擔，一種苦澀的甜蜜，是凡人所能忍受的。要是連這些都沒有，那麼生命豈不是太空虛了嗎？

小品十帖

早春

在整個潮濕多雨的冬季裏，我採取了一種自己最愜意的生活方式，杜門不出，像冬眠的動物般蟄伏着，過着大隱隱於市的日子。

偶然在一個晴暖的午後，我像驚蟄般靜極思動了。無意中走過我們所住的社區一條潔淨的步道，竟不覺被眼前的春光驚懾住。什麼時候春天已悄悄來到人間？這頑皮的小精靈一定是先偷偷躲在什麼地方，然後突如其來的露了面，讓人們嚇一跳。可不是？這步道旁一整排連綿一兩百公尺，紅、白、粉三色相間的杜鵑花竟已開得如火如荼，壯觀得令人窒息。人家院子裏的櫻花、山茶、紫藤、九重葛……全部不甘寂寞地把盛放的花朵一簇簇一叢叢地伸出牆頭爭妍鬪麗。馬路上的行道樹——羊蹄甲和木棉，也都綻放滿樹的萬紫千紅，直看得我目瞪口呆。

回家看看月曆，原來才是農曆正月底，距離立春不過三週，天氣竟已暖和了將近一個月（暖和得太早，似乎有點反常），是今年春天來得早嗎？不過，春暖才會花開，要是沒有近三個星期和煦的春陽，我又怎能夠欣賞到眼前的萬花如錦？

該罵的是我自己。春天早已來臨，美景也近在咫尺，我爲什麼居然蟄伏不出，辜負那一縱即逝的大好春光？

暗夜裏的紅燈籠

不知從什麼時候開始，在晚上從我家的後陽臺望向河堤，就會看見一個紅艷的燈籠獨自懸浮在黑暗的夜空裏，顯得非常醒目。

河堤上在白天裏人車不絕，到了晚上卻是寂寞無人，而這一帶也沒有路燈，所以一片荒涼漆黑。河堤下有一處竹林，竹林後是一間廟宇。我知道這個燈籠是屬於那座廟宇的，懸掛的燈籠可能不止一個，由於樹木的阻擋，從我家後陽臺的角度看去，就只看到這孤零零的一個了。

我不懂宗教，不知道這些在夜間點亮的燈籠是否爲某一居士或信徒祈福和許願的。但是，這一個在黑暗的夜空中獨自懸浮着的紅艷艷的燈籠，卻讓我聯想到《聊齋》或者《秋燈夜雨錄》裏面一些鬼狐之類的浪漫故事，心頭也不禁泛起了陣陣淒美的感受。

下棋樂

喜歡傷腦筋接受挑戰是我從小就發展出來的性格。小時候父親常常和我們姊弟下象棋、玩跳棋和猜謎，我總自認是箇中好手，從不肯後人。

到了兒子們的童年，也不知是因爲他們功課繁忙還是自己身兼家庭主婦和職業婦女兩職，席不暇暖，沒有時間和他們「競技」，象棋一道，可說是此調不彈久矣。

去年，忽然心血來潮，爲兩孫啓蒙下象棋。十一歲的孫女一學就會；才六歲多的孫子則頗費了一番工夫去調教。起初，我以識途老馬、過的橋比他們走的路還多的優勢和他們對弈，當然每戰皆捷，把他們殺得片甲不留。然而，當孩子們累積了經驗，摸懂了竅門之後，棋藝竟然突飛猛進。不要說我每次和孫女對壘總是敗北，就算和七歲多的孫子玩，也頂多是棋逢敵手；稍不用心，也會慘敗。這時，就不得不嘆息一聲後生可畏，對這兩個小「棋王」甘拜下風。

我不承認自己下棋輸給稚子是頭腦退化，我知道這是由於自己的粗心、魯莽和不夠老謀深算所致。正如自己的做人一樣，總是直來直往，有很多事情都不肯多往遠處想，總是有一步走一步，又怎會贏？

象棋眞是一種既好玩又可作頭腦體操的消遣。俗語說「世局如棋」，眞的，棋盤上有時就可以反映出人生，像：「做了過河卒子，只有奮勇上前」，人生豈非如此？有時，小兵也能立大功，這告訴人不可輕視任何卑微的人物。「觀棋不語眞君子，舉手無回大丈夫」，不也是一種做人的哲學嗎？

獨處

有一盞淸香撲鼻的佳茗，有一卷幽逸雋永的好書；巴哈的管絃小品或蕭邦的鋼琴曲流瀉在四周。室外是雲淡風輕的好天氣，陽臺上日影迷離；花影扶疏；街上車聲杳然，人語寂寂，而家中也只有我一人獨處。

這是難得的淸靜時刻，也是我最喜愛的時候。這時，沒有別人的「干擾」，沒有雜務的牽絆與縈懷；在這個完全屬於自己的、「孤絕」的時刻裏，我似乎尋回了那個內向、害羞、有點孤僻、不喜歡受到任何約束、完全傾向自由主義的自我。這時，我覺得我眞像是「大隱隱於市」的現代隱士，「Far from the Madding Crowd」，遠離瘋狂的人羣。

有兩首唐人的五絕，似乎寫出了我的心境。王維的「人閒桂花落，夜靜春山空。月出驚山鳥，時鳴春礀中」；柳宗元的「千山鳥飛絕，萬徑人蹤滅。孤舟簑笠翁，獨釣寒江雪」。這種寧靜、幽遠的境界，無論是在精神上和生活中都是我所嚮往所追求的。長時期的寂寞也許會使人難耐；然而，偶然的獨處、短暫的寂寥卻是可以使人避開塵世的紛擾、工作的壓力、人情的糾纏，讓疲乏的身心有個喘息的機會，讓熱昏了的理智保持冷靜，讓沾染了塵垢的靈臺恢復清明。

在這個花花世界中，我不期望自己是一個名成利就，一呼百諾的女強人；不想當一個珠圍翠繞而飽食終日無所事事的貴婦；也不渴求自己的書洛陽紙貴，成爲高踞暢銷榜首的名作家。我所企盼的只是能夠不時享有寧靜的一刻，可以讀我書，親近親近我愛的音樂，如此而已。

我把偶然的獨處作爲一種心靈上的自我放逐，這也是我最最鍾情的生活方式之一。

閑居

今年過生日前，兒子送了兩樣別緻的禮物給我。一樣是一盆綠色的觀葉植物，這是投我之所好。一樣是上面題著「閑居」兩個字的壁飾，他說是爲了配合我的心情。那時，我剛從工作崗位上退休下來不久，正要開始我的閑居歲月。我把這個大方典雅的壁飾（前面是一片方形磨砂玻璃，題著「閑居」兩個字，還畫了一壺茶和幾個茶杯；後面是一個原木做成的架子，中間嵌著一個小燈泡）掛在房間裏，觀葉植物擺在案頭，欣喜地享受著期盼了多年的閑居生活。

閑居，這是多麼令人悠然嚮往的生活方式。尤其是現代人，人際關係複雜，晝夜被包圍在各種資訊密密麻麻的網罟中，深夜裏都逃不過電話的鈴聲。想圖個清閑，談何容易？

正因爲得來不易，所以我對閒居的日子特別珍惜。宴會、酒會、頒獎典禮之類的應酬，能夠不去就不去。除了我喜愛的旅遊以及和好友們聚會聊天外，我寧願待在自己的小窩裏，讀書、寫字、畫畫、種花、聽音樂，做一個現代的隱士，與世無爭。

現在的我，不必爲公事傷腦筋，不必天天擠公車，不必勉強出席不想去的場合。我可以隨心所欲地做自己喜歡做的事，一切隨緣，一切隨與，人閒心也閒，彷彿就是個行雲流水一「書生」。一想到自己能夠擁有這樣的日子，就誠心誠意的感謝上蒼的安排。

淒美的旋律

第一次聽到柴可夫斯基那首充滿了哀愁、憂傷，而旋律又美妙得無以復加的第五號交響曲，是三十多年前的事了。那個時候，我們住在一棟日式的木樓上，樓齡老大，岌岌可危，我戲稱之爲危樓。在那個物資貧乏的時代，一般人都沒有什麼娛樂，一部舊式的五燈收音機，就是我們一家人公餘課餘消遣的所寄。它日夜播放出優美的音樂，我用樂音來裝飾我們的危樓，雖然置身陋室，自覺卻像住在皇宮裏。

像是一見鍾情似的，我第一次聽到柴可夫斯基這首交響樂，就情不自禁地愛上了它。尤其是第二樂章的主題旋律，如怨如慕，如泣如訴，美得令人心弦顫動，忍不住熱淚盈眶。是柴氏當年在向他的紅粉知己梅克夫人訴述他的戀慕之情嗎？

三十多年過去了，我還是當年的我，絕非多愁善感，卻仍然深深愛著一切淒美的音樂和詩詞之類。每次聽到這首稔熟的柴可夫斯基的第五號交響樂第二樂章的主題旋律，也始終會怦然心動，彷彿心底最深處那根弦被一隻無名的手撥動了，總會激起了一陣陣細碎的共鳴與回響。

啊！我還能說些什麼呢？風格憂鬱的柴可夫斯基的作品中最淒美的旋律，對我而言，那眞是最最動人心處。

淡泊自甘，不為物役

也許是因爲小時候讀過幾首唐詩之故，初中時代的我就興起了田園之思，一心一意要在長大後歸臥南山陲，做一名「榆柳蔭後簷，桃李羅堂前」的隱者。不幸的是，生逢亂世，從那個時候開始就飽嘗戰禍，不但沒有田園可歸，甚至連安定的日子都不曾過過。

直到來到島上，我已是爲人妻母。早年現實生活的煎熬，田園之思已漸消弭；但是，我卻把我對田園的嚮往以對大自然的熱愛寄託在文字的抒發上，憑著一枝筆，使我有了豐富的精神生活。

青少年時代走過的憂患歲月，養成了我甘於淡泊，對物質享受並不重視的個性。中年以後，更是心眼大開，領悟了人生必須從多種角度去衡量，才不致鑽入牛角尖的道理，這時，得失之心全無，心無罣礙，煩惱也沾不上身。「無欲則剛」，正是我多年來身體力行的座右銘。

一年多以前，我從工作多年的單位退了下來；但身居市廛，仍無田園可歸；然而我有大把的光陰可供自己運用，也有著彷彿窮措大忽然中了彩劵的感覺。我以一種大隱隱於市的心情閉門讀書、寫作、學畫、練字、做女紅、聽音樂，在寂寞中自得其樂。因爲不大出門，世俗的繁華與我已漸離漸遠；而物質上的需求也減少到幾近於零。小時候希望長大後能歸隱，只因素志數十年來未改，如今竟在無意中實現了。當然，這也是由於個人的淡泊自甘、不爲物役之故，否則又何能臻此？

異類

有很多地方我很想去而不大敢去，像：電影院、音樂會和書店，這些地方全是學生和年輕人的天下，一個已生華髮的人置身其間，看起來總是有點突兀，自覺是一個異類。偏偏自己本性難移，擇善固執，所有的愛好——聽音樂、逛書店（畫廊）、看電影——歷數十年而不改，心態仍與年輕人一樣而在外表上已面目全非，終於在這些同好之間成爲異類，這到底是値得欣喜還是悲哀呢？

和一羣婦女同去參觀古物。大家的興趣全都集中在珠寶首飾這個部門，我卻比較愛看瓷器、書畫、雕刻這一類藝術品。平日逛百貨公司，化妝品和飾物這兩部門以及街上的珠寶店也從未獲我的青睞。絕不是自鳴清高，實在是興趣缺缺。這些東西在我身上派不上用場，我嫌它們累贅、麻煩。於是，由於這種與衆不同的個性，我在同性中又成爲異類。關於這一點，我想多少有點悲哀。因爲，不懂得愛美，實在是枉爲女人！

童心

記得當年做了三個孩子的媽媽以後，長不大的我常常忘記了自己的身份而跟孩子們玩在一起，鬧成一團。有一次跟孩子們在客廳裏玩皮球，玩得忘形，竟不小心讓那個才不過一歲多的老三碰到椅角而額角流血。事後被丈夫怪責，認爲做了母親還要跟小孩一樣嬉戲是可笑的行爲。當時我曾經不服氣地反駁他：「誰說做了母親就不能玩？我做了祖母以後還是要跟我的孫子玩的，你等著瞧吧！」

光陰如逝水，轉眼之間，我眞的已爲人之祖，而我的童心依然未泯。如今，我能夠跟兩歲的小孫女玩躲貓貓，一起唱兒歌；也能夠跟上幼稚園和小學的孫兒女玩尋寶、打羽毛球、下棋、看漫畫、做勞作而快樂無比。

年齡上的老和生理上的老都不足畏，最怕的是心理上的老。所以，人老心不老，永保赤子之心，就會不知老之將至了。

痛苦與煎熬

偶然在收音機中聽到一首過去很愛聽而相當熟悉的交響樂，因爲不是從頭聽起，沒有聽見主持人的說明，所以不知曲名是什麼。聽著聽著，一面嘔心瀝血的想，已經呼之欲出了，卻還是始終想不出來，那種痛苦和懊惱，眞是不足爲外人道。

有時，想在文章中引用一句前人的名言或一兩句古詩，不是不記得出處，就是句子記得不完整，或者是記得前言記不得後語，而又無從查證，這又是一種痛苦與煎熬。

離開學校後，我幾乎一直沒有放棄學習英文；可是，眞的「學然後知不足」，爲什麼有些生字查過了N遍，卻只是似曾相識而永遠記不住它的意義。這時，眞是恨煞了自己的笨頭腦。「書到用時方恨少」，不也是一種痛苦嗎？

我想：我眞需要一部萬能電腦，要查什麼，就有什麼答案。

這就是生活

你放我聽

么兒回國渡假，在家裏待了一個月。這一次回來，他不但循例帶回一批原版唱片和錄音帶，還送了我一部新的電唱機；而且，每天早午晚三餐，只要他在家吃，他一定先放音樂「助興」，讓美妙的音符洋溢在家中每一個角落，使我得以坐享其成，重溫當年「你放我聽」之樂。

昨天，他返回太平洋彼岸去了。沒有人放唱片給我聽，室中突然顯得十分空寂。我知道此刻我是無法再享受到「你放我聽」之福的了，隨手抽出一張巴哈的管風琴選集（這也是么兒帶回來的）擱到唱機上，隨着唱針接觸到唱片溝紋的那一剎那，一陣雄偉的、莊嚴的、神聖的、優美的、悠揚的管風琴聲便揚起，使我以爲是置身在一座歐洲的大教堂裏聆聽聖樂，而悠然神往，不禁頓興虔敬之心。

我是個無神論者，不曾信奉過任何一位神祇；但是卻對天主教和基督教的聖樂和聖詩極度喜愛，因而也愛上了以演奏宗教音樂為主的管風琴。而巴哈音樂之肅穆和平、接近聖樂，也是我最愛的原因。

好久，好久，由於俗務的羈絆，我和音樂在不知不覺中疏遠了。如今，受到么兒的影響，我又重拾墜歡，回到那使人忘憂的性靈境界裏，這眞是一次意想不到的收穫。有了音樂，我知道我今後的歲月將不會寂寥。可惜我的歌喉太瘖啞了，否則，我一定要高唱舒伯特的「音樂頌」，以抒發我對音樂的戀慕之情。

初一讀詩

多年來，農曆新年假期，往往是我最悠閑的日子，因為我不喜歡湊熱鬧，一切盡量簡化，因此在這個別人最忙亂的時期，我反而十分輕鬆。初一的下午，電話拜年告一段落，既沒有報紙可看，千篇一律的電視綜藝節目又是那麼令人倒胃口。於是，我索性躲進自己的房間裏，心想：不如與古人神交去吧！

毫不猶豫的，我選擇了詩——陸放翁的詩，還有蘇東坡的詩。這兩位宋代詩翁的詩句，平易、豁達、瀟洒，一向是我所心儀的。這時，窗外雖然不時傳來幾聲頑童的炮竹聲，周遭也相當清靜，我閑閑地讀着兩位大詩人的千古絕唱，心頭起了陣陣共鳴，不期而然地竟泛起絲絲「蕭條異代不同時」之憾。二三十年不寫舊詩了，此刻，居然靈感泉湧，不假思索，就胡謅了兩首打油詩：

讀詩有感其一

初一讀詩莫笑迂，詩中眞味自家知。

逍遙在室閑展卷，正是老來可喜時。

其二

老來讀詩味更濃，衷情仍與少年同。

前人說盡心中語，千古靈犀一點通。

不懂隨緣，不敢卽興

「隨緣」是可喜、具有慧根、饒有禪意；「卽興」是詩和樂曲的一種格式。這兩者都代表了瀟灑、自由、自在、率性、無拘無束、隨興所至、隨心所欲的境界，十分令人嚮往，可惜卻不是人人都做得到。尤其是我這個呆板的人，更是「心嚮往之，而力有未逮」，只能徒喚奈何。

我的呆板行爲，在親友中可能已稍有名氣，因爲要打電話找我的人都知道什麼時候我可以接，什麼時候不方便接。我的起居作息全有定時，已是數十年如一日，我早就自嘲爲「標準鐘」、「四方木」。熟悉我的朋友都說受不了，認爲何必自苦乃爾。不過，多年來習慣成自然，也不覺得有什麼苦。要是偶然有一兩次「越軌」，反而覺得不正常，擾亂了固定的作息。

卽使現在退休了，不須早九晚五的趕時間，但是我仍跟以往一樣，黎明卽起。到了九時，也一定要往書桌前一坐，爬格子、寫信、寫日記、練毛筆字、讀詩、讀英文是我的「公事」，每天必須分別處理。畫圖、做針線、聽音樂、看雜誌、閱報……只能算是消閒行爲，我都利用「非辦公時間」來從事，以免浪費寶貴的光陰。說來奇怪，我並沒有受過淸教徒式的訓練，不知從何時開始了對自己養成這種軍事化管理。說得好聽是自律甚嚴，說得不好聽是自作自受、自找苦吃，不懂得享受人生。

如此的嚴格自律、自囿，有什麼好處？有時，和朋友在外，玩興正濃，一看錶，已是下午四時已過，既怕下班的巔峯時間來臨，會遭受堵車之罪，而且也不想影響到日常規定的作息時間，就只好收拾玩心，匆匆打道回府。爲了保持身體健康，我從來不敢熬夜，也不敢隨便吃對健康有不良影響的食物；也從來不曾有過連趕兩場電影的紀錄。我不抽烟，不喝酒，不打牌，不吃任何刺激性的食物，這樣平淡無奇的日子，在這個花花世界中，已接近苦行僧的生涯了。

我多麼羨慕別人多姿多采、有聲有色的生活。別人可以隨興所之、隨心所欲地去享受人生，而我卻要自己設限，讓自己局處在一方小小的天地裏，不懂得隨緣，更不敢即興。我想改變，卻已太遲。也許是積習已深，也許是本性難移，那就讓它繼續下去吧！歲月既然沒有把我這塊四方木雕琢成球形，無法在這花花世界中到處滾動、隨緣、即興；何不就讓它安於其位？何況，呆板的行爲，一成不變的生活，也並非全無好處。只要自己能夠適應，亦可以甘之如飴。

只取一瓢飲

我常常覺得自己眞是一個胸無大志的人：太容易滿足，太不喜與人爭，對很多事情得過且過；像這樣一個滿腦子舊式文人思想的人，又怎能在這個功利主義充斥，一切講求急進的社會中立足呢？怪不得自己庸庸碌碌地過了大半輩子。

雖則如此，我卻對自己這種想法與做法並無怨悔。而且，正因爲自己的易於滿足，不與人爭，反而得到心靈上的平靜，樂在其中。眞的，生年不滿百，從永恒的長河看來，只不過是電光火石，何況，功名富貴都是身外之物，生不帶來，死不帶去，又有什麼好爭的呢？大千世界中，花紅柳綠、富貴榮華，看得人眼花撩亂，目不暇給；而一個人的基本需要只不過日求三餐、夜求一宿，只要身體健康，生活溫飽，就可說是有福之人，還奢求些什麼呢？弱水三千，只需一瓢飲就夠了。

多少年來，我始終以自己的易於滿足而自慰。正因爲易於滿足，所以我時常感到快樂。當然這得感謝大環境所給予我的安定生活，以及不曾遭遇到什麼大挫折的幸運。我曾經不只一次把個人這方面的感受形諸筆墨。有一次一位文友看了我這樣的一篇文章後表示很羨慕，問我「何以致之」。我也不知道該怎樣回答，因爲這完全是觀念上的問題。我雖然有着一些她沒有的「幸運」；然而，她也擁有很多我沒有的東西，到底她該羨慕我，還是我該羨慕她，那恐怕就是存乎一心的問題。

當然，從童年到現在，我也曾有過許多無法實現的夢想，以及許多得不到的東西。從前，的確會因此而苦惱過。可是，在走過了悠長的歲月，經歷過人世的滄桑後，如今已沒有什麼事物能使我失望。我學會了從不同的角度觀看事物：正面與反面都各有不同的意義；「得」不見得是喜，「失」亦不見得是悲；有也好，沒有也好；我依然是我，一切以不變應萬變。

我並沒有刻意去追求，但是時常會有一些小快樂。好像：讀到一篇好文章或一本好書；聽到一段美妙的音樂；看到一齣好電影或一個好的電視節目；寫了一篇自己滿意的文章；盆中的蘭花開了；和好友們聊天過了一個愉快的下午……。這些，就是我生活中的「一樂也」。

像此刻，我坐在客廳的沙發上打了一個盹兒，醒來懶洋洋地不想動。這是一個使人心情怡悅的好天氣，背後的陽臺洒滿了金色的陽光，落地玻璃窗前的白紗窗帘在微風中輕輕晃動。放眼望去，整個客廳和飯廳都在我的視線內，我家的佈置雖不豪華，卻是窗明几淨，色彩雅淡。牆紙、地磚、沙發、冰箱、門框全都是奶油色。牆上有畫、几上有花、架上有飾物、橱中有書；而且光線充足、空間夠大。能有這樣的一間居室，我頓感心滿意足，於是，又有了小小的快樂。

「無慾則剛」，是我一生所服膺的名言之一，我因爲不貪求、易滿足，所以無慾，所以比較容易快樂；這也是我在碌碌無成的大半生中唯一引以自慰的一點。可不是，人既無法鯨飲三千弱水，有一瓢可以解渴，不就夠了嗎？

謙卑的愛樂者

記得在國家音樂廳、國家劇院尚未落成的年代，要聽音樂演奏、演唱會，或看芭蕾舞，得「跋涉」長途到國父紀念館去，或委屈地坐在中山堂設備不佳的大廳內忍受噪音。

那時，我熱切盼望這距離我家較近的國家級廳、院早日落成，好讓我多多走進音樂的殿堂，以紓解我心靈的飢渴。

然而，富麗堂皇的國家音樂廳、國家劇院落成兩三年，我卻只去過不到十次。原因是，我不願在晚上獨自外出（家中沒有愛樂者可以作伴）。每次有世界頂尖音樂家前來演出，我只能以凝視海報作神遊，以及一字不漏地閱讀報導來望梅止渴。

還好，在很多方面，我都不貪求。沒有人陪我去聽現場演奏，聽「罐頭音樂」也可令我滿足。「罐頭音樂」者，唱片、錄音帶是也。

美食家絕對排斥罐頭食物，眞正懂得欣賞音樂的行家，大概也排斥唱片和錄音帶。而我則不然，一般人早已丟棄舊式33轉唱片，而改聽雷射音響，我卻因兒子們出國後留下千張以上的唱片，經去蕪存菁還有兩三百張可聽，而且他們陸續又帶回原版的給我，在欲罷不能的情況下，我只好一直做落伍者。

這些舊唱片、錄音帶，加上廣播電臺的古典音樂節目，以及電視臺偶然的現場轉播，就構成了我享受音樂的來源。我覺得自己在精神生活上已很富足。

我所以對音樂如此痴迷，應跟小時進的是教會學校有關。聖詩旋律的優美，啓發了我對音樂的傾慕之情，數十年來始終不渝。

聖詩之中，影響我最深的是聖誕歌曲。傳統的那幾首音韻悠揚悅耳，百聽不厭，其中我最喜歡的是"O Holy Night"，去年耶誕節前無意在收音機中聽見一著名女高音獨唱，聽來不但繞樑三日，更使我感動得幾乎落淚。

先總統　蔣公最喜愛的「慈光歌」，也是我所愛的聖詩之一，旋律婉轉動聽，自有一股感人的力量。

由於對聖詩的喜愛，使我也愛上了巴哈、韓德爾所作的宗教音樂，而且愛聽管風琴演奏。有時在電影中看到一個白髮皤皤的老神父，獨自在空無一人的大教堂中彈奏管風琴，雄渾的琴聲迴盪在教堂的圓頂之內，似乎已達天人合一的化境。

聖詩聖樂之外，我對古典音樂愛好的程度，依序是：交響樂、協奏曲、獨奏曲、藝術歌曲、歌劇咏嘆調和二重唱。如以樂器來分，第一是鋼琴，再來是小提琴，然後是單簧管、雙簧管、長笛、管風琴、豎琴等。

若論作曲家，我從前偏愛浪漫派諸大師，近來卻兼愛國民樂派的西貝留斯、德伏札克等人，同時也迷上巴洛克音樂。

至於古典派的莫札特，及理查史特勞斯、馬勒、拉赫曼尼諾夫等人的作品，只要是旋律動聽的，我都十分喜愛。

身為一個資深愛樂者，我不但從未想過去裝設音響裝備，而且連聽了一、二十年的唱片都捨不得丟棄。一切都淺嘗即止，也就永遠都覺得滿足，永遠不虞匱乏。

每到秋來，惆悵還依舊

小學時讀歐陽修的「秋聲賦」，雖然只是一知半解，未深明其義；但是名家筆下所描繪的戲劇性的秋聲卻深深引起了我對秋的嚮往。不幸，從小至今一直住在大都市中，從來不曾聽過秋聲，對秋天的感受幾乎是只靠觸覺：天涼了，要換秋裝、蓋薄被，如此而已。有時，還要很俗氣地從商業廣告中嗅到秋的氣息，像秋裝展示、月餅上市之類。否則的話，在這個四季常綠的海島上，眞的是很難領略到秋的境界的。

我承認：南方人是不懂得秋天的。南國的秋天是那麼短暫，既沒有漫山遍野的紅葉，也看不到掠過長空的雁羣；每年的金風玉露一相逢，幾乎是稍縱即逝。住在市廛中的我，陽臺上風鈴的叮噹聲，恐怕是唯一的秋聲了。

儘管如此，從小至今，在四季中我始終愛戀著秋天。氣候的舒爽是原因之一，古今中外描寫秋天的文章中的佳句，更是促使我喜愛秋天的因素。當然，我喜愛的只是初秋的「已涼天氣未寒時」，以及「睡起秋聲無覓處，滿階梧葉月明中」諸如此類的浪漫情懷與詩情畫意；北國深秋的肅殺荒涼像「涼秋九月，塞外草衰」，或者「北風捲地白草折，胡天八月卽飛雪」這些景象，我是敬謝不敏的。

十九世紀的英國作家吉辛在他的名著《四季隨筆》中「秋季」的最後一章把榆樹淡金色的「落葉地毯」、落葉松閃耀的金葉、樺樹血紅的葉子，還有赤楊彩色斑爛的葉簇……，形容爲「秋天的光榮」。淡淡的筆觸，沒有修飾的辭句，卻把英國鄉間璀燦的秋色描繪得如此多姿多采，讀了眞是令人心醉。

幾年前到美東去，在新英格蘭地區的高速公路上，在水牛城的公園內，第一次看到異國那些高大的楓樹、樺樹……還有很多不知名的樹木都如火如荼地著滿枝紅葉，眞是看得我目瞪口呆。其實，說紅葉並不恰當，因爲那些秋葉並非完全紅色，它們好像是由綠轉黃，由黃轉金，由金轉橙，由橙轉紅，由紅轉褐；一棵樹上好幾種深深淺淺而又顏色極其調和的彩葉，實在是比花樹還要艷麗。

可惜，這些像打翻了調色盤一般的燦爛秋色，對我只是過眼雲煙，驚鴻一瞥。身爲南方人，又長住南國，既看不到秋色，也聽不到秋聲；古人是「每到春來，惆悵還依舊」，我卻是「每到秋來，惆悵還依舊」，對秋天，我似乎永遠是個失戀的情人，也永遠是個饑渴者。

陽臺上一串在秋風中叮噹作響的風鈴，又豈能慰我的相思之情於萬一？

老樹春深更著花

我家附近一條馬路的兩旁，種植了兩列木棉樹，每到春來，雄糾糾、氣昂昂的碩大紅花綻放滿枝，彷彿兩排燃燒著的火炬，常惹得我在樹下徘徊，如癡如醉，只爲了木棉花的花期相當短暫，怕它一縱卽逝，便又得等待來年。幾近花癡的我作爲這些紅棉樹下的賞花客已不知幾易寒暑了，年年的花開花落，總會引起我的閑愁，聯想到人世的生老病死、悲歡離合。

這兩列木棉樹，花期並不十分一致，有些開得早，有些開得遲；有些長得高大茁壯，有些長得瘦小乾枯。我想這大概由於先天的體質強弱各異吧？樹猶人也，人的體格不是也各有不同嗎？今春，這兩排木棉樹上的英雄花又早已次第綻放，從初放時的淡黃漸而橙黃、橘紅以至盛放時的火紅，那些亮麗的色彩，把整條馬路都點綴得繽紛燦爛起來。奇怪的是，牡丹雖好，還要綠葉扶持，而木棉樹則否，它那矯健有若遊龍的枝椏總是在樹葉落盡之後才開花，而那些灼灼紅花硬是那麼充滿自信地聳立枝頭，不需一片綠葉陪襯。也許，正因爲如此，所以才贏得了英雄花的美名吧？

在滿街紅樹中，最近我忽然注意到其中一株最高大的花期特別遲，其他的木棉樹幾乎全都開花了，只有它還展露著光禿禿的枝椏，顯出一副寒傖相。然而，不久之後，當其他的木棉樹上的花朶逐漸凋零後，它的禿枝卻開始出現蓓蕾，慢慢綻放；等到其他的同伴繁華落盡時，它便以滿樹紅花在街頭一枝獨秀了。

「老樹春深更著花」，我每次看到這株在暮春才遲遲開花的木棉樹就會想到前人的這句詩。我不知道老樹爲什麼要到春深才開花，是因爲它的生命比較不夠旺盛嗎？不過，遲開又有什麼不好？就怕它失去了開花的能力罷。

眞的，樹猶人也，人也一樣，老並不可怕，怕的只是因爲老而喪失了對生命的意義的執著，虛度餘生。古代有幾位詩人詞客，對老人的看法十分瀟灑，像辛棄疾的「乃翁依舊管些兒，管竹管山管水」；朱敦儒的「老來可喜，是歷遍人間，諳知物外，看透虛空」；陸放翁的「垂老身餘幾，逢春心尚孩」等句，都是一種不服老，不怕老，老當益壯的表現。平均壽命比我們短得多的古人還能如此，身爲現代人的我們，又何懼於老之將至？

在現代人中，經常一襲布袍健步街頭的百齡壽翁郎靜山先生、九五高齡仍然寫作不輟的蘇雪林女士，以及可愛地自稱「年方八十」的大陸名畫家劉海粟先生，他們都是到了春深而仍然繁花滿枝的老樹、可敬的長者、老當益壯的典型，值得我們後輩師法。

點滴在心頭

犯「戲癮」

在跟一位朋友閑聊時，她笑著說她犯戲癮了，這一陣子憋得怪難受的。我聽了不禁愕然，她既非演員又非票友，何來戲癮呢？她看見我一付癡愚不解的樣子，便又解釋說：不是眞的戲癮，是寫癮，太久不執筆了，手癢啦！

原來如此，是技癢，不是手癢，大概也就是髀肉復生那種感覺吧？唱戲演戲的人離開舞臺一久會犯戲癮；從事寫作的人太久沒有動筆，當然也會犯寫癮；其他的藝術工作者相信也莫不如此。表演者、藝術家、音樂家、作家……這一輩子的人對他們的工作莫不抱持著「衣帶漸寬終不悔」的精神，以及「生死以之」的熱愛，是絕對不會厭倦，更不會輕言退休或放棄的。「犯癮」，正是一個人對自己的工作那種臍帶相連的深厚感情，鍥而不捨的執著。

朋友因爲健康關係，擱筆已久。如今，她犯癮了，可能是靈感已在她的腦海中開始醞釀、蠢動，也許，不久之後就會有新作問世了吧？

動靜之間

二十多年前我住在鬧市中，因爲厭倦了車水馬龍的紛擾，藉著是個自由工作者的方便，在某一年的盛夏裏創造了一次閉關十日，足不出戶的紀錄而沾沾自喜，那是一種動極思靜而達到目的的喜悅。

但是，如今在經過了二十幾年早九晚五案牘勞形的生活後，一旦恢復閑雲野鶴之身，竟然又有著投閑置散、沒有歸屬之感。最不習慣的是朋友少往來了；社會把你遺忘了；信箱經常空空如也；電話寂寂無聲。此生固然不曾絢爛過，但也從來沒有過如此平淡寂寞的日子；於是，又忍不住靜極思動起來。人的心理是何等矛盾！

要修到動靜恒宜，見山是山的境界恐怕並不容易，冥頑駑鈍如我，是還要多下點功夫才行。

沒有消息就是好消息

我很喜歡一些代表安定生活、合乎常軌的事物。像：每天清晨送報的摩托車聲；午飯後郵差送信的腳踏車聲；下午四時許學童放學回家叫門的聲音；晚飯後家家戶戶傳出來的電視聲音等；都是一成不變，閉著眼睛就可以知道是幾點鐘。

一成不變的生活也許有人嫌呆板、無聊、缺乏新鮮感。然而那卻是只有在安定的社會和太平歲月中才能享有的，曾經捱受過顛沛流離的逃難之苦的人，就會覺得這簡直就是人間天堂。

西諺說：「沒有消息就是好消息」，意思就是一切保持常態，沒有變化，那當然是好消息。能夠經常維持固定的生活型態，沒有任何意外，那毋寧是一種福氣。讓我們珍惜目前享有的安定吧！

感謝阿瑪廸斯

櫃子裏的唱片都已塵封，我很久很久沒有去碰觸它們了。只緣近日偶然大膽地想放縱（若用時髦的說法是「出軌」）一下自己，讓自己體驗從未嘗試過的揮霍光陰之樂，而去追逐世俗的感官上的享受——大量的看錄影帶。在影帶中那些光怪陸離、無奇不有的西方世界，滿足了我的好奇心，我似乎得到了一些什麼，但也似乎失去了什麼。終於我猛然驚覺：爲了貪圖這一方面的感官享受，我竟把多年來每天的「靈修」工作——閱讀和聽樂荒廢了許久。

懷著慚愧而懺悔的心，我又打開我的唱片櫃去尋求故人的慰藉。我隨意地把一些唱片抽出又放下，然而，當我一眼看到莫札特單簧管五重奏這張唱片出現時，毫不考慮就把它放在唱機上。它曾經是我的最愛，現在，只聽了三四個音符，我馬上就決定，它還是我所聽過的樂曲中最愛聽的一首。我覺得它就是「此曲只應天上有，人間那得幾回聞」的仙樂，脫俗出塵，像是不食人間烟火。尤其是第一、第二兩個樂章，柔美、委婉、纏綿而又憂傷，往往聽得我眼眶濕潤。阿瑪廸斯太可人了，他是怎樣想出這樣動人的旋律的？而第二樂章開始時那一段單簧管獨奏，我就只能借用東坡學士的話來形容了：「如怨如慕，如泣如訴。餘音嫋嫋，不絕如縷。舞幽壑之潛蛟，泣孤舟之嫠婦。」蘇子和莫札特蕭條異代不同時，爲什麼會寫出如此貼切的句子來形容這首樂曲？我想：人類的心靈一定是相通的，無論他們相隔了千百年和千萬里，對藝術美的感受都是一樣的。

眞的，每當我聆聽到這段單簧管獨奏時，心裏就會想：阿瑪廸斯的心爲什麼那麼淒楚呢？他是在一種怎樣的心境下創作出這段旋律的？唱片封套上的說明告訴我：這首單簧管五重奏是莫札特專爲他的好友——一位單簧管演奏家斯泰特勒而寫的。不過，這應該是指的演奏技巧方面。說明中又說：第二樂章的稍緩慢板是一道廣濶的、透明的旋律之弧，有時有些許陰影，些許憂鬱。……

這就是了。這首編號K五八一的樂曲，在他短短三十五年中總共創作了六百二十八首作品中間，已接近晚期；可能他已開始遭受到貧窮和疾病的苦惱，所以，他作品的風格雖則以活潑、明快、歡樂見著，但是偶然也難免不自覺地流露出內心的憂傷吧？可憐的W・阿瑪廸斯・莫札特，可人的W・阿瑪廸斯・莫札特，他自己飮滿了人世的苦杯，英年早逝，卻把無數美麗的旋律留給世人。

一面唱片已經聽完，音色亮麗清越的單簧管的餘音猶自縈繞在耳畔，久久不去。感謝阿瑪廸斯，你的音樂豐富了我的心靈。

塞上長城空自許

早歲那知世事艱，中原北望氣如山。
樓船夜雪瓜洲渡，鐵馬秋風大散關。
塞上長城空自許，鏡中衰鬢已先班。
出師一表真名世，千載誰堪伯仲間。
——陸游「書憤」

大概十一、二歲時候就接觸舊詩。那是父親教讀的，《唐詩三百首》是父親採用的課本。他從五絕教起，五絕唸完了教七絕；七絕唸完了教五律；五律唸完了教七律。然後又教古體和樂府。到了小學畢業時，我已起碼會背半本《唐詩三百首》。俗語說：「熟讀唐詩三百首，不會作詩也會吟」，我得到父親的啓蒙，接受到詩中音律之美的薰陶，從此愛上了詩，也偷偷的開始學寫起幼稚的打油詩來，而且儼然以小詩人自居。

就在我沉醉於「爲賦新詞強說愁」中的徬徨少年時，抗戰軍興，我跟隨父母逃難到香港，避亂海隅，也嚐到整整一年失學的滋味。在那種年齡裏，本來就已經多愁善感，失學在家，長日無俚，就更加抑鬱寡歡。除了唐詩以外，我更迷上《白香詞譜》裏所有描寫「閑愁」、「鄉愁」、「春愁」、「離恨」這一類纏綿悱惻、哀怨動人的詞。其實，乳臭未乾的我又那懂得甚麼？鎮日吟哦這些灰色的句子，早已變得暮氣沉沉，失盡少年的朝氣。

記得我那個時候最喜歡的是馮延巳的「淚眼問花花不語，亂紅飛過秋千去。」、「莫道閑情拋棄久，每到春來，惆悵還依舊。」、「撩亂春愁如柳絮，悠悠夢裏無尋處。」這種教人斷腸的句子，簡直是個馮延已迷。每天黃昏，我牽著年方三、四歲的幼弟到海邊的馬路上散步，心中一面默默吟誦著這些傷感的詩詞，自比行吟澤畔的大詩人屈原。現在想起來還覺得可笑。

當然，我這種幼稚的行爲和想法隨著年齡的漸長而不再存在；可是我對唯美的、抒情的詩詞（包括文學和音樂在內）的鍾情，卻一直延續到中年，這不知道算是擇善固執還是不長進、沒出息？

然後，進入了哀樂中年，思想漸漸成熟，加上國家的多難、鄉思的日濃；於是，我開始返璞歸眞，不再專門熱中於那些「山東饅頭」（Sentimental）式的詩句，而移情於氣勢磅礡、有血有肉的詩詞。這時，蘇東坡、辛稼軒等人豪情萬丈、鏗鏘有力的長短句最獲我心，而愛國詩人陸放翁的詩，也取代了往昔所愛的風花雪月與無病呻吟。

放翁的詩，我幾乎每一首都喜愛。從纖細唯美的：「衣上征痕雜酒痕，遠遊無處不銷魂」、「小樓一夜聽春雨，深巷明朝賣杏花」、「傷心橋下青波綠，曾是驚鴻照影來」等，到憂時傷國的：「遺民淚盡胡塵裏，南望王師又一年」、「逆胡未滅心未平，孤劍牀頭鏗有聲」、「壯心無復在千里，老氣尚能橫九州」、「一身報國有萬死，雙鬢向人無再青」……，無不令我心折。而使我百讀不厭，深深引起內心共鳴的，卻是他在五、六十歲之間所寫的「書憤」。

「早歲那知世事艱，中原北望氣如山」，眞像是我少年時的寫照。抗戰中期，我還是個中學生時，在敵愾同仇的心理下，的確曾經萌生過投筆從戎、請纓殺敵的雄心壯志。可惜，我太懦弱，太膽怯了，空有抱負而不敢付諸行動，以致歲月蹉跎。報國不成，只好齊家，幾年之後，便當起小妻子和小母親來，豈不是「塞上長城空自許」嗎？如今，更是「鏡中衰鬢已先斑」。所以，我覺得放翁這首詩，似是爲我而寫。

放翁生前得享八十六高齡，他一生詩作不斷，而且愛國之心，老當益壯。他的另一首「書憤」末兩句：「壯志未與年俱老，死去猶能作鬼雄」，可說道盡了我今日的心聲。

一念之間

生平痛恨迷信，對那些算命、看相、摸骨、風水之類，一律不予置信，而且嗤之以鼻。上中學時，一位同學自認會看手相，她看過我的手掌以後，居然信口雌黃，說我會短命，活不過三十歲。還好我根本沒把她的話放在心裏，否則我豈非從此睡不安枕？父親在中年時，也有相士說他命中有齊人之福，將會討小的，害得母親因此而提心吊膽、疑神疑鬼，幾乎被這一派胡言影響到家庭幸福。想想這種毫無科學根據的胡說八道，怎值得相信。

以我的看法，生命中的「緣」和「命運」應該是存在的。「緣」是冥冥中的一種力量，一種機遇，一種或然率，我們中國人都深明其義；但是西方人則不容易懂，而且也似乎找不出一個適當的英譯。有人譯為 predestination，已相當接近，但是又會跟「命運」一詞相混淆。

命運，表面看來是天意，是不可抗拒的，事實上也不盡然。古人雖有「天意難違」一語，然而也說過「人定勝天」；現代人更有「英雄造時勢」、「青年創造時代」的豪語。當然，一個宿命論者、一個懦夫、一個庸才，他可以完全接受命運的安排，鬱鬱終生、沒沒無聞。有志氣的人、不甘屈服的人卻不同，他可以勇敢地跟命運搏鬪，把厄命扭轉，征服命運，讓自己成爲命運的主人。這種憑藉著一己的意志與毅力，戰勝命運的故事，在古今中外的偉人傳記中，可說俯拾皆是。

也許，堅強的鬪志並非人人皆有，一般凡俗之人未必具有那種英雄本色。以個人的經驗看來，「一念之間」便是扭轉一次命運的轉捩點。「做」與「不做」，往往是決定一次命運的主要因素。譬如說：有一份很理想的新工作在等待著你，而你卻猶豫不決，怕工作繁重，怕陌生的環境，怕別人欺生，而寧願錯過了這個對前途具有決定性的大好機會。往後，你也許因爲潦倒終生而慨嘆造化弄人，命運之神不眷顧你；殊不知，這完全是自己的一念之差造成的。假使你接受了這份工作，說不定今天已是人中之龍。

「一念之間」是生命中的一道關卡，一個轉捩點。我不信命相之學，卻相信有命運。不過，所謂命運，並不是聽天由命，而是要自己掌握命運，主宰命運，把逆境變爲順境。而要不要改變命運，則存乎自己的一念之間——「做」與「不做」，去「做」，是命運的主人，「不做」，就是命運的奴隸。

樹痴、楓迷

（外一章）

對一個樂山樂水而又愛花愛樹成痴的人，從出生到現在都住在不同的大都市中的西式樓房上，從來不曾擁有過一小片的青草地，那眞是我此生的一大憾事。儘管如此，一瓢飲也不嫌棄的我，並不貪求，我不時會從別人院子裏出牆的花枝，或者路旁的一些行道樹來滿足靈魂的饑渴。

也許，看多了花花世界的萬紫千紅，稍嫌眼花撩亂；中年以後，我對一身碧翠、婀娜剛健的綠樹就漸覺鍾情。何況，花無百日紅，而樹卻可以四季長青，相形之下，彩雲易散琉璃破的花朶，又怎能和尊貴堅貞的樹木相比？

我沒有看見過很多樹，臺北市也沒有很多樹給我欣賞，我的愛樹，無非是隨緣性質。由於地緣關係，有一個時期我愛上了和平西路植物園前面那一列枝柔葉嫩的樟樹；後來，又曾經爲重慶南路寧波西街口那棵高大的、葉子細碎的金龜樹著迷。當然，羅斯福路上的木棉樹，每年春天的開花時節，也從來不曾缺少過我這個樹痴在樹下流連鑑賞。

但是，如今我又移情別戀了，我的新寵是中央圖書館前的楓樹。那羣亭亭玉立在館前一片草坪上的十多棵楓樹都還是小樹，正因爲這樣，所以它們的樹葉的色澤也特別鮮嫩。剛綻出的時候是淡淡的粉紅色，就像是新生兒的皮膚；漸漸，從粉紅變成嫩綠，又從嫩綠變成草綠。掌狀三裂的葉子一片又一片的密密綴在樹枝上，在微風中搖曳，在陽光下閃耀，樹姿美麗得令人目眩神馳。我每次到中央圖書館，都要痴痴地欣賞好一會兒，才心滿意足地走開。

福州街的經濟部門前也有一棵高大的楓樹，我每次坐車經過，也總不忘向它瀏覽一番。從春天枝頭簇簇嫣紅嫩綠的新葉，到長夏時的滿樹濃綠，都別有風情。雖然臺灣秋天短暫，在都市很難看到楓紅；不過，這又何妨於我對楓樹的鍾愛？

可驚的是，我天天坐車經過福州街，一晃竟已十數寒暑，從那棵楓樹葉子年年的由嫩變老，不禁感傷於韶光的易逝。正是「年年歲歲花相似，歲歲年年人不同」；但願人長久，但願人平安，其他都不重要了。

蒙塵的葉子

我家有一盆攀附在蛇木上的黃金葛，葉片肥厚，葉色碧綠，蔓枝嫋嫋婷婷地懸垂著一些細嫩的新葉，盡態極妍；使得我簡樸的客廳爲之平添無限生機與綠意。

後來因為要重新布置客廳，增加了兩三樣新家具，這盆頗佔空間的黃金葛便無容身之地，不得不移放到陽臺的一角。在陽臺上直接接觸到陽光雨露和新鮮空氣，它的確比在室內時長得茁壯，葉片也越來越碩大，心中不禁暗自喜悅，認為黃金葛適得其所。

然而，幾天之後，那些肥厚的葉子卻布滿了灰塵，髒得使我心疼。起初我還天天給每一片葉子擦拭；漸漸我便不勝其擾。一則是葉子太多，擦不勝擦；二則是空氣中落塵量太大，才擦拭乾淨，不旋踵又汚穢如昔。我為什麼要做希臘神話中那個天天推大石上山的巨人，徒勞無功呢？在一種極度無奈的心情下，我放棄了為這盆盆栽的葉子洗澡的工作。

現在，這盆黃金葛蒙塵的慘狀已達到了不忍卒睹的地步。每一片葉子都沾滿厚厚的塵埃，變成了灰濛濛的顏色。但是，新抽出來的葉子卻是綠油油的亮麗無匹，跟那些被汚染的老葉相比，簡直令人無法相信它們竟出自同一母株。

汚染，汚染，人類又何獨不然？初生的嬰兒的心靈無不純潔如白紙；隨著他慢慢長大，漸漸就會接受人類種種劣根性的汚染，兩三歲的幼兒就懂得了撒謊，又豈不教人痛心疾首？

更糟糕的是，這些無形的汚染幾乎沒有辦法消除，而且年齡越長汚染越甚。這樣比較起來，黃金葛葉子有形的汚染，又算不了什麼了。問題只在此間的空氣汚染實在太嚴重了，我雖然時時勤於拂拭，黃金葛的葉子還是會惹上大量的塵埃，區區如我又何能為力？這眞是最無可奈何的事。

詩心、畫情、樂韻

遠在我的學生時代，我就讀過哥德這幾句話：「一個人在他的生活裏，應該每天聽一點音樂，讀一點詩歌，看一幅好畫，這樣可使世間的煩惱不致沾汚人類天賦美麗的心靈。」

那個時代的我，懵懂愚騃，不知天高地厚，一天到晚埋頭在卷帙中，是個不折不扣的書呆子；可是，我心中充滿著對文學和藝術的膜拜和嚮往。事實上，在讀到哥德這段話之前，我早已沉醉在音樂、詩歌和美術的領域中。

在我的生命中，最早接觸到的可能是詩。我唸小學時代，父親便教我讀唐詩。詩中優美的辭藻和韻律開啓了我混沌的心靈，到了十三、四歲時，居然就偷偷地寫起了幼稚的五言和七言絕句。不過，我從來不敢把那些荒腔走板的打油詩示人，而且到了三十歲左右便不再寫舊詩而偶然改寫新詩，不過也都是藏起來從不拿出去發表。四十幾歲以後就不再寫詩，也許，詩心已共年華老去吧？但是，我愛詩如昔，不論舊詩、新詩或英詩，只要是好詩，往往都能深獲我心。心情不佳時，把卷吟誦一番，頓時天地開闊，煩惱全消。

繪畫也是我從小就培養出來的嗜好。我記得五歲時就曾經以兩歲的妹妹作模特兒，畫她靠在窗臺上看街景的姿態。上高中時我又愛上了畫好萊塢明星肖像，畫得似乎還相當神似，一時間竟變成了同學口中的「大畫家」，作品也成爲「搶手貨」。當然，畫肖像只是畫匠行爲，談不上是藝術。只是，少年狂妄的我，後來竟又無師自通地畫起國畫，也斗膽地在一些前輩畫家的畫作中塗鴉，現在想起來猶覺汗顏。

儘管這些年來自知沒有藝術細胞，畫家的美夢已醒；然而，我對美術的愛好有增無減。我家的每一面牆壁上都掛滿了畫；我收集畫片和畫册；也常常去逛畫廊，參觀畫展。古今中外畫家們筆下多姿多采的世界，美化了我的心靈，豐富了我的生命。

音樂之來到我的生命中似乎比較晚，我是在來到臺灣以後才藉著一部眞空管收音機與古典音樂結緣的。不過，在小學時我已懂得傾向喜愛那些旋律美麗的世界民謠改編的歌曲；高中時又學會了不少西方藝術歌曲和聖詩；後來之所以一收聽到廣播節目中的古典音樂就立刻迷上，也不是沒有由來的。

那個時代，我們居住陋室，生活純樸，收聽音樂節目幾乎是我精神最大的慰藉。在那幢小小的危樓上，日夜飄揚著行雲流水般的鋼琴曲、蕩氣廻腸的小提琴曲、急管繁弦的交響樂，還有響遏行雲的歌劇，恍如一座小小的音樂殿堂。孩子們在樂音的薰陶下，四個中有三個變成了樂迷，老大後來更攻讀音樂系，以作曲作爲他的終身志業。

四十年來，儘管家家戶戶已由眞空管收音機而進展到雷射唱機和卡拉ＯＫ之類，但是一般人喜愛的只是靡靡之音的流行歌，古典音樂人口並沒有增加。而我卻是擇善固執，不改初衷。我寧可坐在家中聽一卷蕭邦的鋼琴獨奏曲，也不願意去參加燈紅酒綠的世俗應酬。這就是我，誰也改不了。

詩心、畫情、樂韻，是我從少年時代甚至童年開始的最高的精神慰藉；也是它們使得我心中有眞有愛有美；此生我將與它們長相左右，永不分離。

我已是臺北人

幾乎從來不曾有過這樣的感覺：臺北竟然如此美麗？

那完全不像是北臺灣的初冬，居然風和日麗，天空澄碧而透明得難以令人置信。我從貴陽街走向中山南路，在經過外交部後門，快要轉往中央圖書館時，迎面而來的瑰麗景色霎時間把我驚懾住了。中正紀念堂「大中至正」的牌坊巍峨地矗立在金色的朝陽下，它那莊嚴的藍、純淨的白，襯托著路旁茂密的綠樹、飄揚的國旗，以及背後堂皇華麗的國家劇院的黃瓦紅柱，構成了一幅多姿多采、絢爛奪目的畫面。我痴痴地在人行道上站立了幾分鐘，忘情地盡情地欣賞這良辰好景。臺北原來是如此美麗，我愛煞了它。我深以身爲臺北人爲榮。

當然，我也知道，這裏只是臺北的一小部分，臺北還有著許多髒亂落後的地區（那一個城市沒有呢？）臺北在國際上有著很壞的名聲：交通混亂、環境汚染；臺灣又是「貪婪之島」和「賭國」；而這裏的治安也的確令人擔心。儘管它有不少的缺點，可是，兒不嫌母醜，作爲一個在這裏居住了四十二年的人，對這片土地已發生了深厚的感情。它再醜，我想我也會容忍；何況，它的確有許多美麗之處，也有它可愛的地方。

在還沒有來到臺北之前，我做夢也沒有想到，在這裏竟會一住四十二年，佔去了我的大半生。在這漫長的歲月裏，我覺得我已是個道道地地的臺北人。我生長在廣州，但是我在那裏前前後後只住了十幾年。我身分證上所記載的籍貫是廣東中山，但那只是我的祖籍，我從來沒有去過中山縣。雖然我的母語是廣東話；可是我跟我的孩子們說的是國語，因爲我認爲此地不是廣東，我沒有理由要他們學粵語。相反地，爲了適應環境，我來到臺北不久就學會了這裏的方言—閩南語。早期我說得還不錯，有時還可以魚目混珠。不過近年來由於大家的國語都說得很好，我的閩南語已無用武之地，也就因生疏而退步了。

我不明白爲什麼有些人堅持使用自己的母語，總彷彿講了別人的方言就吃虧。我則剛好相反。早年我認識一批江浙朋友，就學到了一點點上海話；到了重慶，我入境隨俗的說起四川話來。來到臺灣，不但學會了閩南語，甚至客家話我也會聽。我覺得，方言懂得越多越方便，也是拓展人際關係的不二法門。褊狹的地域觀念已是十分落伍，那只代表了一個人的胸襟不廣而已。一場八年抗戰，一次戡亂，迫使各省的人離開家鄉，到處流浪。雖則濃重的鄉愁使這些人在江湖上老去；從另一個角度看來，這也是中華民族兩次大團結的機會。沒有抗戰，我不會迢迢千里跑到山城重慶，不是因爲大陸失守，我也不會渡海來到臺灣。既然來了，而且一待四十二年，雖然也會思念故鄉（其實，所謂故鄉，只是我的出生地而已）；但是我也心甘情願地承認自己已是臺北人。

臺北有許多美景，中正紀念堂前的景觀只是其中之一。我愛臺北也並不是由於它所擁有的美景，而是因爲我在這裏過了安定的四十二年，我是居民的一分子。我希望臺北更加安定，永遠美麗；有誰想去破壞它的安定和美麗，誰就是全民的敵人。

生涯篇

追求精神生活的最高境界，是我的快樂之道。

快樂的五天半

一星如月看多時

晚上，在後陽臺晾衣服，偶一抬頭，看見我家和鄰居屋頂之間的一線天上，有一顆很明亮的星星在燦然閃爍。雖然以我現在的年紀已不會爲一顆星子而著迷，可是，因爲此情景似曾相識，也就忍不住手扶欄杆，仰望著頭上的一線天，極力去追憶那曾經在我生命中發生過的，跟現在幾乎是一模一樣的情景。

我想起來了，那是我住在一棟公寓裏的事。那一棟公寓跟我現在住的房子都是向北，因而向南的後陽臺就有一個角度可以看到尚未升到中天的月亮，而我就是在晚上晒晾衣服時抬頭看到了兩排房屋之間的一線天上的圓月。這種在瑣碎的家務中偶遇的詩情畫意，我也曾經用文字描述起來。想不到，十多年後，它又在我的生命中重現，令人欣慰的是，我心境依然一樣，美的感受也依然一樣。

何夜無星？何夜無月？在十多年的歲月中，星星和月亮怕不在天空出現過幾百次，爲甚麼今夜我才注意到那一線天上的燦然一星？（抬頭見月偶然有過，但卻似乎都沒有把它放在心上）我想這也是一種機緣吧？

就這樣，我就痴痴地倚在幽暗、寂靜的後陽臺的欄杆上，一星如月地看它多時。

快樂的五天半

不知是誰發明了「上班族」這個名詞，這一個種族，人數龐大；儘管一些「家裏蹲」的人對他們相當艷羨，但是，他們早九晚五（還有早八晚六的）的刻板生涯，實在是相當的無奈與厭倦。一星期上五天半的班：擠公車、趕公事，一年三百六十五日，週而復始，正像驢子推磨，永遠乏善可陳。

不過，假使我們從另一個角度去看這一年得重複五十二次的五天半，也許會對刻板的辦公室生涯另眼看待。

我自己也是上班族的一員，多年來，我是這樣去看我的五天半的：星期一，經過了一天半的充電，重新來到辦公廳，充滿了活力，開始衝刺。星期二，對新的一週仍有少許新鮮感。星期三，也許開始感到微微怠倦，但這一週已過了一半。星期四，一想到週末快到，就興奮得不得了。星期五，只剩下一天半了，日子過得挺快的。星期六，快樂的時刻終於到了。

我稱這枯燥繁忙的辦公室生涯爲快樂的五天半，也因此而常常得這五天半的快樂。

失樂園

因爲忙，很久沒有到我家附近的堤防散步了，昨天，趁著天氣晴朗，在黃昏時分我又走上去蹓躂。才踏上河堤，我就察覺到它已不再是從前的散步勝地。

堤面的柏油路已被搬運砂石的十輪大卡車輾得面目全非，沙塵滾滾；路旁堆滿了早市攤販遺留下來的垃圾和廢物；堤防下的違建豬舍又發出陣陣惡臭；兩旁的榕樹也因爲沾滿灰塵而顯得垂頭喪氣，失盡翠綠。這簡直像是一個龐大的垃圾場嘛！想起剛搬到現在的住所時，堤上垂柳成行，柳條飄拂（後來通通砍掉改種榕樹），我還沾沾自喜，以爲有幸得以家住柳堤畔哩！誰想得到，堤防拓寬以後，反而落得這樣的下場。

我不爲自己失去一處散步的地方悲哀，而是爲人們恣意破壞環境而憤怒。假使沒有不法商人去亂挖河川砂石、攤販不佔據堤面做生意、養豬戶不在河川新生地違法養豬，我相信這裏的堤防絕對不會變成垃圾場的。

空氣被污染、環境被污染，甚至心靈也被污染，我覺得現代人簡直是在慢性自殺，在我們的周圍已無一塊淨土，現代人的樂園已無處尋了。

本性難移

在假日裏，偶然整理積存多年的自己文章的剪報，當然免不了一面整理一面細讀。從那一疊疊已經發黃的剪報中，我除了訝異自己居然用一枝筆耕耘出這麼多的「成績」外，彷彿也看到自己年輕時伏在一角危樓窗前的書桌上辛勤地爬格子的背影。

這些剪報，大部份已經選入我的單行本中，但也有一些被我嫌棄而長年壓在箱底的，睽違多年，一旦重覩，自有一份親切之感。它們，絕大多數是二三十年前的舊作了，多像是個久別重逢的老友！那個時候，我又是在甚麼樣的心境，甚麼樣的動機下，寫出這些不成熟的作品來的呢？

先看看我那個時候寫些甚麼？孩子，那是每一個會寫文章的年輕父母，免不了要描繪一番的對象吧？身邊瑣事也是一般剛起步的作者所運用的素材；此外，我發現當時文筆尚很生澀的我，幾乎隨時隨地都擷拾到大自然的美。我歌頌牆頭的小花、圳畔的垂楊、石縫的小草、河上的落日……舉凡大自然的一切，無不落在我的筆底。後來，迷上西洋古典音樂，每當欣賞到美妙的旋律時，就忍不住想透過自己一枝拙劣的筆，把那份甘甜的感受與讀者們共享。

看著，看著，不覺啞然失笑。三十年了，除了不再寫孩子，身邊瑣事也不大提及外，我依然是一個大自然的歌頌者，花草樹木、山岳河川、天光雲影、鳥鳴蟲吟，這一切，無一不令我心動神馳，我對大自然的愛慕始終不渝。而音樂也仍舊是我的戀人，我對她多年來沒有二心。三十年來愛好不變、個性不變，表面看來沒出息，不長進，從另外一方面看來，似乎也可說是長保赤子之心，事實上，我的性格不但三十年未變，甚至跟少女時代也差不到那裏去，眞眞實實的「不長進」。

我天生害羞、不愛說話、好靜、不喜交際的性格，到如今依然一樣。雖則年齡和閱歷已克服了我的害羞；可是，在人多的地方，我還是沒有勇氣站起來說話。當年在香港上學時，有一次在山路上被小流氓搶走我的手錶，另一次則被小頑童搶走了手中的一袋麵包，兩次都竟因爲害羞而不敢大聲呼救，失物當然也就無法歸回原主。少女時代即因受了舊詩詞的影響而希望歸隱山林；現在，隱居深山、閉門讀書，更成爲我一股強烈的慾望。

雖然是一介書生，但我卻篤信科學，痛恨迷信。很多婦女怕黑怕鬼，而我怕的卻是活生生的人。有一年和好友數人到墾丁去玩，夜宿海濱小屋。屋中有大小兩個房間，大間可睡兩人，小間睡一人，我愛清靜，搶著要睡小間；結果卻因害怕會有小偷從窗門侵入而一夜不能成眠，可說自作自受。那些因怕鬼而兩人共睡一間的，反而因爲有伴而一夜酣眠，這是我「聰明」反被「聰明」誤。

正因爲我篤信科學，所以我從不相信相學和命理之類，對一些道聽途說的無稽故事，往往嗤之以鼻，認爲不管多玄多怪的現象都可以用科學來解釋。

雖則如此，我對自己又似乎有點缺乏自信，我很喜歡看那些條列式的測驗個性的文章，往往耐心地作答，想知道自己是屬於那一類型。如此的對自己不了解，而希冀用一些公式來給自己定型，不是太悲哀了嗎？

害羞、內向、沉默寡言、愛慕大自然、傾向老莊思想、熱愛文學藝術、崇實務本、痛恨虛無，然而又缺乏自信；這種擇善固執而不合時宜的個性，竟經歷數十年而不改，豈不是應了「江山易改，本性難移」這兩句古語？

我小時既不了了，長大後又不佳，渾渾噩噩地過了大半輩子，自慚對國家社會毫無貢獻；但願憑著這一枝拙劣的文筆，繼續辛勤耕作，若能寫出一兩篇令人滿意的作品，做個人類心靈的釀酒神（貝多芬語）；那麼，數十年並不怎麼可愛的本性不移又有何妨？

好好玩喲

一位朋友告訴我：她最近有一次玩得開心極了。他們一羣祖母級的女人，在一家有卡拉OK的餐廳吃飯，飯後，因爲餐廳裏幾乎沒有其他食客，她們就大膽地跟著卡拉OK播放出來的音樂又唱又跳，大家都返老還童，玩了一兩小時還意猶未盡。「這眞是生平玩得最痛快的一次。」最後她還補充了一句。

以我的個性而言，一羣五、六、七十歲的女人居然以蹦蹦跳跳爲樂事，似乎是不可思議的。而且，那些嘈雜的音樂多叫人受不了呀！那麼，我這個愛靜的人，難道就沒有覺得好玩的東西了嗎？我不免有點爲自己感到悲哀起來。

當然有，我馬上又把自己的想法推翻。我認爲好玩的事物多的是哩！像旅行、遊山玩水、聽古典音樂、看高水準的電影、閱讀、收集可愛的小玩藝、塡字、擲鏢、打乒乓球等等，都是我很有興趣的。不過，我對這些事物喜愛的程度似乎還不如我的朋友們對卡拉OK的狂熱。

有了，我也有瘋狂喜愛的遊戲，其實我也並不是一個不會玩的人。我想起來了，我最喜歡玩的是一種類似我們方城之戰的英文拼字遊戲。兒子們還沒出國以前，我們母子幾個人常常玩。我是個喜歡動腦筋的人，所以各種益智遊戲如塡字、猜謎之類的遊戲都很熱中。這種英文拼字遊戲是四個人一起玩，每個人先抓七個字母在手中，看看這七個字母能不能拼成一個字（還要跟別人拼出的字相接），拼不成就再抓。每個字都可算分，最後，你能得的分數要減去手中的「牌」的分數。

玩英文拼字，雖然是英文程度越高越佔便宜；但是，國中程度的人就有資格玩，因爲手中最多只有七個字母，不大有機會拼出不常用的字。運氣也很重要，要是抓到的字母母音的較多，使用的機會也大。要是抓到J、K、Q、V、X、Z這些難得派上用場的字母，就註定倒楣了。當然，眼明手快與反應是否靈活也是決勝條件；要是明明有機會擺在眼前，而你卻視而不見，那麼，別人就會捷足先登。

兒子們出國後，找不到同好，沒有人跟我玩，此調不彈久矣，心中不免忽忽如有所失。半年前到香港和弟弟妹妹團聚。有一天下大雨，大家被困室中，不能出去玩，不免感到無聊。弟弟忽然想到了甚麼，叫了起來：「我們來玩英文拼字遊戲好嗎？」「你們也有這種玩藝兒？」我簡直是喜出望外。「大姐，妳太善忘了！幾年前妳還跟我們玩過嘛！怎麼就忘記了？」弟弟笑嘻嘻的說著，一面把那個我相當熟悉的長方形扁盒子給找了出來。

於是，我、大弟、五妹、七妹四個人圍坐方桌四周，開始了一場我夢寐以求的絞腦汁的遊戲。想不到他們也跟我一樣有興趣，玩了一場又一場。無人叫停，直到肚子餓了，晚飯時刻已到，方才鳴金收兵。在算分數時，可不是，在盒子裏發現上次的紀錄猶在，我的名字分明跟他們列在一起，而且我還是分數最高的一個，一下子居然就忘得一乾二淨，實在太糊塗。

自從那次以後，我們這幾個老姊妹又再度迷上英文拼字遊戲。在我旅港期間，幾乎每天晚上我們都要玩一次，大概都是從十點到十二點之間。么妹尤其著迷，往往不肯罷手，但是爲了他們幾個白天都要上班，也不得不收拾玩興。這種屬於頭腦體操的遊戲，因爲在玩時腦力激盪之故，常會使人興奮得無法入睡；不過，機會難得，也就顧不了那麼許多。現在回想起來，玩這種爾虞我詐、各懷鬼胎的遊戲眞是人生一樂，它不但可以訓練頭腦，更是向自己的智商挑戰的最佳方法。

我雖然比較好靜，但是因爲童心未泯，有時也可以跟小孩子玩在一起。記得當年孩子還小，而我還很年輕時，有一次我跟他們玩捉迷藏玩得很起勁，大家又叫又笑的鬧成一團。從來不跟小孩玩的丈夫便在一旁譏笑我：「都已經做了三個孩子的媽媽了，還這樣老天眞！」「爲甚麼？做了媽媽就不能玩？將來等我做了祖母，我還是一樣會跟我的孫子玩的！」我這樣回答。

這句話彷彿還是昨天才說的，一晃眼，我在九年多以前就晉級做祖母了。不用說，我正如當年所預言的，做了在跟前的一對孫兒女的玩伴，而且玩得很愉快。我們一起看故事書、畫圖、下棋、玩撲克牌、扮家家酒、打球、射飛鏢……，在孩子們天眞可愛的歡笑聲中，我似乎啜飲了青春之泉，一時間變得返老還童。

不久以前的一個星期天，兒子帶著他的一雙寶貝兒女回家來（媳婦買菜去了。）孫女提出要玩「尋寶」遊戲，所謂「尋寶」，就是一個人把兩三件東西分別藏在一間房間裏不同的三個地方，讓其他的人去找，每人藏一次，幾個人輪流玩。這也是一種益智遊戲，有點做偵探的趣味。事先規定，不准藏在櫃子裏或抽屜裏，因爲那樣太複雜，太難找了。於是，我、兒子、孫女、孫子四個人輪流藏寶，我採取的是「最危險的地方就是最安全的地方」這個原則，常把「寶」藏在很明顯而容易被忽略的地方，也創過沒有人找得到的紀錄。兒子年輕頭腦好，當然往往出奇制勝；讀四年級的孫女智商也不弱；五歲的孫兒年紀太小了，不大懂得戰略，總是一下子就被我們找到而引起一陣爆笑。

這種遊戲，既要花腦筋，也要動一點體力，因爲每次都把寶藏在不同的房間，我們得一間間房間的跑，十次八次下來，也會有一點累；可是也實在開心，祖孫三代，玩得不亦樂乎。叫停之後，小孫子意猶未盡，直嚷「下個禮拜天還要玩」。

咱們中國人比起西洋人似乎比較不會玩，我們太勤勞，也太嚴肅了，有許多公務員往往把一年兩星期的休假都放棄了，因爲他們除了上班以外不知道怎樣玩，西方人所說的「工作時工作，遊戲時遊戲」，我們很少做得到。

儘管我不喜歡蹦蹦跳跳，也不喜歡那些熱鬧的場合；但是，我還有我喜愛的遊戲，我熱中於玩英文拼字，也可以跟小孩子玩尋寶，我眞慶幸自已不是一個不會玩的人。

割捨

一個人要是能夠把得失看破，領悟到有得必有失，失有時也是得；得固然是一種收穫、一種滿足，失又何嘗不是減輕負荷之道？又何必患得患失呢？生活簡單、室無長物的人有福了，因為他沒有精神上和形體上的負擔。

不幸，生活在物資豐裕的這個社會裏的人卻很難做到「一簞食，一瓢飲，居陋巷而不改其樂」的現代顏回。

我們原來是六口之家，由於兒子的相繼出國或另組小家庭，現在只剩兩老相守。有了多餘的空間，我們得以各自擁有一室，我不再被他的鼾聲擾亂清夢，他也可以任由內務廢弛而不怕我的干涉。原來熱熱鬧鬧的一個家雖然因為變得冷清孤寂而曾經使我感到傷懷，但是家務的相對減輕，尤其是家中雜物（孩子們的書籍、唱片、衣物、運動器材……）的減少，使得空間頓形寬廣，更令我覺得輕鬆愉快。

然而，曾幾何時，在無數次偶然的、漫不經心的、隨便的購買下，幾年下來日積月累的結果，每一間房間的櫃子和抽屜又是爆滿，達到了飽和點；而那些佔據了所有櫥、櫃和抽屜的空間的雜物，又都是食之無味、棄之可惜的雞肋骨。作爲貯藏室（最好不要有）之用的小房間裏的一個大櫃子，裏面更是堆得滿坑滿谷，門一打開，東西就會掉出來；但是，每一樣東西又似乎都有用，又捨不得丟，好不惱人！身外物，往往眞是成爲人的一大負擔。

最近，因爲要更換兩個櫃子，我利用假日，進行汰舊換新的工作。不要看只不過兩個櫃子，可是花了我一個週末的時間，流了不少汗，才把這件「工程」完成。我必須先把舊櫃子的東西清出來、騰空，把它搬走，然後才能挪出空間來擺放新的；而清理舊東西這一項工作，也是最吃重的一環。

身外物就是身外物，我不明白，爲什麼一般人的物慾都那麼大，對世間的物質那麼貪求。其實，很多東西起初愛不釋手，千方百計求得的，時日一久，往往就失去了原來的吸引力而變得一文不值、不屑一顧，豈不寃枉？我從來沒有貪求過任何東西；可是，一些當初被我珍藏著視同瓌寶的雜物，經過了年復一年的被冷落在櫃子一角，一旦重見天日，卻發覺它不過爾爾，毫無可取之處。不幸的是，這兩個櫃子裏面的東西大都屬於這一類，簡直是連雞肋骨都不如。

我一向是喜歡生活簡樸的人，認爲身外物越少越好。於是，我就以一種壯士斷腕，義無反顧的精神，開始大刀闊斧地盡量把一些多年來沒有用過，將來也用不著的東西丟棄。拋棄舊物，也是一種痛快的割捨和快意的揮霍，令人頓有如釋重負之感。

在衆多的雜物和舊物中，有兩樣東西實在使我無法割捨，那就是我的舊日記和一些親友的來信。我從初中便開始寫日記，那些早期的雖然都因屢次的逃避戰禍而散失，但是勝利後的我都保存著。這次打開一個舊箱子，幾本已被蠹魚啃蝕得千瘡百孔的舊日記便赫然出現。那個時代，原子筆還沒有問世，大家都用鋼筆書寫，經過了四十多年的歲月，不但本子的紙張已經破碎殘缺，墨水書寫出來的筆跡也已模糊不清，而且頁與頁之間還沾滿了蟑螂的排泄物。另外，我還找到大疊大疊的舊信，三十多年前，電話還不太普遍，大家仍然依靠書信來通訊。初出茅廬的我，不但珍藏著海外父母寄來的每一封家書，其他如朋友的來信，編者的約稿函以及一些開會通知之類，也都保留起來捨不得丟棄。好了，如今通通變成了蟑螂的巢穴和蠹魚的食糧。

坐在一隻小櫈子上，我翻閱著我個人的歷史，摩挲著先父母的手澤，重溫友情的溫馨，一坐幾個鐘頭，恍若墜入時光隧道裏。然後，我把一部分還算整潔的父母來信，以及還看得清楚的一本日記保留起來，便毅然決然地把其餘的全部毀棄。當我這樣做的時候，心中實在是萬分不捨，彷彿是把過去一刀兩斷，也彷彿自己變成了一個沒有過去的人。

但是，等到我把全部廢物都丟棄了，兩個新櫃子也已安頓好之後，卻有著一種說不出來的愉快，雖然只是小小的變動，屋子裏也自有一番除舊佈新的氣象。

若果我捨不得丟掉那些舊物，又那有現在的新氣象？割捨，是需要勇氣的，無論對事對情，有時必須有割捨的勇氣，才有創新的力量。

難言之隱

「花如解語殊多事，石不能言最可人」，我不知道這是那一位古人的句子；不過，作者恬淡幽遠的胸襟卻充分顯示出古代文人的思想。的確，「言多必失」、「沉默是金」、「禍從口出」、「少說多做」……，我們從小就被大人教導要做一個不苟言笑、嫻靜端莊的淑女；誰又敢當聒噪、長舌、多嘴的三八婆呢？

記得我在小學五年級轉學到一所頗負盛名的小學時，上課第一天，校長特地親自把我帶到教室，把我安置坐在第一排的一個女生旁邊。校長指著我對那個女生說：「這位新來的同學很文靜，我讓她跟你坐在一起，你可要多向她學習，不要再多嘴啊！」

那位同學伸伸舌頭，不好意思地低下頭去。後來我知道，她眞的是個頑皮搗蛋而又愛講話的女孩，綽號就叫「吱喳鬼」。由於同座之故，我不久就跟她結爲好友，至於她有沒有被我的「文靜」所同化，就不太清楚了。

文靜的小孩也許比較受大人喜愛；但是，文靜到底有甚麼好處，我可說不出來。像我，從小就文靜、內向、害羞、不愛說話，這些特質，雖然使我給予人以斯文、溫婉的印象；然而，不愛說話的性格卻發展成爲木訥和不善言辭，我認爲這反而成爲我在事業方面的絆腳石。

多年前，我的么兒從幼稚園畢業，園方大概知道我不時在報上發表些文章，居然找我作爲家長代表，要我在畢業典禮上說話。在這之前，我從來不曾登臺公開說過話，當然因爲害怕而拒絕。無奈對方的磨工很夠，一番如簧之舌使我上了鈎，只好趕鴨子上架，勉爲其難。事先，我擬好了講稿，不過短短的幾分鐘，以爲照稿宣讀，絕對不會有問題。誰知道，一上了臺，發現衆目睽睽，心裏一慌，而稿子上的字又寫得太小，就連宣讀也變得結結巴巴，可說出盡洋相，現眼丟人。

在那個時候，我不但沒有膽量登臺演講，連朋友之間的聚會，也總是不太發言而寧願當一名忠實的聽衆。朋友們知道我的個性，就說要「訓練」我說話，盡量找機會要我開口，誰知我是個扶不起阿斗，到如今依然是「多聽少說」，可說辜負了她們的一番美意。

當然，經過了這麼多年來歲月的磨練，我，早已不是當年的我。首先，年齡使我面皮變厚，不再害羞；而多年來的不斷自我鞭策，以及多次的公開說話機會，是比從前略有進步。可是由於天生口才的笨拙，跟別人的雄辯滔滔、辯才無礙、舌燦蓮花、口若懸河相比，我還是個有口難言的可憐人。

眞是不明白自己爲甚麼老是笨嘴笨舌，有些話，明明在腦子裏是那樣想的，話到唇邊，卻往往變了樣，有時甚至字眼都用錯。還是個爬格子爬了數十年的人哪，說起話來，一點文氣也沒有，連個不識字的奧巴桑都不如。

這些年來，也參加過無數次的座談會，當過課外活動和文藝營的老師，進過播音室、上過電視、主持過集會，也作過時間不太長的演講，說話的機會不算不多；可是我仍然害怕說話，能推便推。雖然不曾鬧過笑話，不過那種結結巴巴、辭不達意、心跳聲顫、草草收場的窘態也是夠令自己汗顏的。

每次公開說話之後，一定發現有許多說錯、用語不當或者表達得不夠完善的地方，因而後悔不已，發誓下次不再去出醜。然而，我們是個講究人情味的社會，有人相邀，有時也不便過於峻拒，因循下去的結果，就是永遠又怨又悔。怨的是自己天生口才笨拙，悔的是不該丟人現眼。

其實，口才好不好並不能完全決定一個人是不是一個理想的演講家。口齒伶俐與否固是天生，但是後天可加以訓練；一個人嗓音的是否悅耳動聽，則完全有賴先天的賦予了。女性而賦有清脆、嘹亮的音色，男性而具有磁性的嗓音，都可以先聲奪人。這種天之驕女、驕子，要是再生有一副伶牙利齒，又能操一口標準流利的國語；那麼，上得台來，自然受到聽衆歡迎。

不幸的是，我既天生笨口笨舌，又嗓音瘖啞、音量極小、國語也不標準，這樣的人物，躲在書房裏爬格子倒是可以藏拙，拋頭露面，其實大可不必。

但是，時代不同，今天是個注重「作秀」的社會，各行各業，都要靠「作秀」來推銷自己，否則就不容易出人頭地，作家也不例外。為了打知名度，為了使自己的書暢銷，今天的作家必須經常外出演講、出席座談會、接受訪問、上電視和廣播、參加新書發表會、錄音說故事或朗誦……盡量現身說法，使一般讀者在心儀之餘還能親睹丰采，親聆謦欬，這才是一位成功的作家。

像我這種具有難言之隱的人，本已不合時宜，眞的是應該關在書房裏的。還好，我原來就是一個服膺「沉默是金」的人；而且，已去世的美國作家史坦貝克也說過：「作家的工作是寫作而不是講話」；所以，我還是寧願做一塊不能言的石頭，而不想做一朶解語之花。也許一隻不會唱歌的鳥兒，不會比一隻聒噪的烏鴉更惱人嫌吧？

不需要書房的人

說起來眞可笑，到目前爲止，我這個從事寫作三十多年的人竟然沒有一間正式的書房。然而，在我還是一個小學三年級學生的稚齡時，卻不折不扣地獨自擁有一間。

我是家中的長女，父母對我相當寵愛。上小學三年級時，我們住在廣州東山的一層新式樓房裏。那幢洋樓的陽臺是長方形的，約有三、四坪的面積；緊靠着陽臺，是一間面積完全相同的小房間，那就是我的書房。

那時，我下面已有四個弟弟妹妹，不過，他們全都還沒有入學；所以，父親就把那間小房間給我做書房，讓我可以安靜地在那裏做功課。小書房中的擺設我已印象模糊；但是我還淸楚地記得我的書桌就擺設在窗前，而那扇窗子則是開向陽臺的。父親曾經不止一次地陪我坐在書桌前，聽我背九九乘法表。陽臺上有一張小孩用的長方餐桌和幾把小椅子，那一年我過生日，母親還買了蛋糕、點心、水果之類，招待了好幾位小朋友來爲我慶生，大家圍坐在小餐桌旁，就像幼稚園裏的小朋友那樣排排坐，吃果果。

搬離東山那幢洋樓以後，隨着弟弟妹妹們的陸續來臨，人丁日漸興旺，我不但無法再獨自擁有專用的書房，臥室也都是和二妹三妹合用。不過，總有一張屬於個人的書桌就是。從小，我就是一個只是埋首書堆、喜歡織夢的書呆子，不論家搬到那裏（父親似乎很愛搬家），不論我的書桌放在那裏，在那張小小的書桌前，混沌未開、對人生似懂非懂的我，就曾經編織過無數美夢。

初中二年那個暑假，我們又搬到廣州西關一幢新蓋的洋樓去。我和二妹共用一間臥室，一人一張書桌，又得到了一個籐製的書架，可以把心愛的書陳列出來。我們滿心歡喜地佈置房間，簡直是躊躇滿志。我對寬敞的新居非常滿意，還老氣橫秋地在日記裏這樣寫着：「新居向東，秋節來臨時，當可先得月矣！」

誰知道我的噩運從那個時候已經開始，抗日聖戰漸漸南移，廣州也是風聲鶴唳，一夕數驚。我不記得我們在那幢先得月的樓房裏住了多久，可能只是兩三個月吧，父親就帶着一家九口逃難到香港去。從那個時候起，八年抗戰中的顛沛流離不用說，勝利復員也是百廢待興，居處相當簡陋，又那裏來的書房？那是連想都不敢想的。

來臺以後就更可憐了，一家人在一幢公家的日式危樓上住了十五年才得以擁有自己的家。說也奇怪，住在那幢危樓上的早期，我們的房間只有八疊大小，全部起居作息都在其中，而我竟在那種環境中走上寫作之途，在一張臨窗的小書桌上筆耕不輟；在柴米鹽油的煩惱中，在四個孩子的喧鬧中，作品居然源源不絕，不能不說是一種奇蹟。

搬離危樓以後，我們一共住過四處不同的公寓房子，我始終都沒有獨擁一間書房的福份。不過，我並沒有感到任何不便。因爲，多年來我已習慣了簡單的生活，我也喜歡簡單的生活。只要有一張專屬於我的書桌、一枝筆和一疊稿紙，就可以幹我的活了。

直到五年半以前，孩子們通通都離巢而去，出國的出國，結婚的自組小家庭，巢中就只剩下兩隻老鳥。這時，我獨擁一間房間的美夢實現了，但是，我還是沒有書房，而且我也不一定要書房，能擁有一間臥室兼書房，我便於願已足。

我的臥室兼書房陳設得十分簡單：靠牆一張單人床、靠窗一張書桌、兩個書櫥、一個床頭櫃、一張藤沙發、一部縫衣機，一面牆壁上嵌了三個大壁櫥，除了一面穿衣鏡外，沒有化粧桌，完全不像是女人的閨房。

原先我以爲擁有自己的房間便可以擁有自己的天地，事實上卻並不盡然。譬如說我原來希望睡前可以在床上看看書、聽聽音樂，結果都因爲習慣早睡，瞌睡連連而無法享受這種雅興。書桌也不常用，因爲我是個上班族，在家的時間不多，這間臥室兼書房大部分的功能無非供我休息罷了。

現在住的這間公寓，是我誤打誤撞買下的，它有很多好處：建材好、採光好、建築公司信譽卓著。住進來以後，卻發現向北的房屋到夏天時便受到西曬，而客廳和主臥室便首當其衝。我現在獨擁的房間便是主臥室，上班的日子它是否西曬我並不在乎，一到了週末或假日的下午便感到待不下去。我不太喜歡冷氣，所以只在客廳裝了一臺，房間裏沒有裝，晚上睡覺時只要把窗戶大開，我是連電風扇也不用的。不過，下午的西曬把房間曬得像個大烤箱，實在使人受不了。這時，我就只好避暑到飯廳去，如果要趕稿子，便在飯廳的餐桌上寫。

從事文藝創作以來，我的作品絕大部分都是在兩張桌子上完成。一張是家裏的書桌，一張是辦公室的辦公桌。使用家中書桌的時間多數是在清晨或假日；使用辦公桌的時間則是公餘之暇和中午休息時。搬到目前這幢公寓以後，連餐桌也派上了用場，可見我在寫作時並不怎麼挑剔場地，頗能隨遇而安。

也許有人認爲我太不會享受人生了，臥室裏沒有化粧桌，得不到做女人的樂趣；身爲文人，又始終沒有書房，豈不是枉爲這個富裕社會中的一分子？不，我一點也不會這樣想。我雖然沒有顏回居陋巷而不改其樂那樣的高潔情操，不過我也不是一個享樂主義者。簡單的生活是我一向嚮往的，把物質生活弄得太繁複，反而爲物所役，變成了物質的奴隸，是我所不喜爲的。寫字有書桌可用，閱讀有沙發可坐，既已獨擁一間窗明几淨而且相當寬敞的臥室兼書房，不就夠了麼？又何必斤斤計較非有一間書房不可呢？

讀餘偶感

還有更壞的

一般人在遭遇到橫逆或者不幸的意外時，絕大多數都會忿忿不平與怨天尤人。但是，假使你知道了愛爾蘭人的人生哲學以後，我相信你的看法一定會改變過來。

在一九七二年諾貝爾文學獎得主磐爾的《愛爾蘭之旅》一書中，他這樣說：「當你在德國發生事故，趕不上火車，跌斷了腿，或是破了產時，我們會說：這眞是壞透了。不管是發生了甚麼事故，它總是最壞的事。但愛爾蘭人的說法剛好相反：倘若你跌斷了腿，趕不上火車，或破了產，他們會說：這還好，因爲假使你沒跌斷了腿，可能會摔斷了頭；假使沒有破產，可能會失去心境的安寧，因此即使破了產也犯不着悲痛欲絕。無論發生了甚麼事故都不是最壞的；反過來說，最壞的事永遠不會發生的。……」

愛爾蘭人甚至對於最壞的事——死亡——也抱着這樣的態度：「要是死了，你便解除了一切的煩惱。對每一個悔悟前非的人而言，死亡不是通往天堂的最佳途徑嗎？……」這是多麼洒脫、樂觀、幽默而可愛的人生哲學！連死亡都不畏懼，那麼，在這個世界上還有甚麼東西能夠剝奪他們的歡樂呢？愛爾蘭是個地瘠民貧的國家，天然的條件極爲不利，眞想不到他們的人生觀竟是如此豁達。

比起五十年代的愛爾蘭人（磐爾書中的時代背景），我們的生活環境不知比他們幸福多少倍。我們爲甚麼還常常爲一些微不足道的小事而煩惱生氣，而自怨自艾呢？就算眞的遭逢不幸吧，「留得青山在，那怕沒柴燒」，只要自己活着一天，還是大有可爲的。「無論發生了甚麼事故都不是最壞的；最壞的事永遠不會發生。」讓我們學習愛爾蘭人豁達的人生哲學，把甚麼事都看成不是最壞的，一切壞事都還有最壞的。我相信，這樣我們將永遠不會煩惱，心靈中也永遠保有着快樂。

日記

我大概從初中的時代起就開始寫日記。現在，早年在大陸上所寫的，都因戰禍散失了，來臺後早期的也因爲歷次的搬家而沒有留存。如今，櫃子裏堆放着的，已是這十幾年的「近」作。近十幾年，是我一生中最安定的也最缺少變化的時期。偶然翻翻這些舊日記，竟發現許多日子十多年來都過得幾乎一樣，不禁爲自己生活的平凡、刻板而感到慚愧。

像過年、家中每一個人的生日、母親節、父親節、中秋節、結婚紀念日等，雖然這些年家裏有好幾個人相繼出國，但是家裏也添了新的成員，爲甚麼慶祝方式年年一樣呢？還有好些場合，也總是年年、月月出席，碰來碰去的又都是那些人，多貧乏無味的生活！

少年時代的日記是一本本成長的記錄，充滿着新的希望。中年以後的日記難道只是生活的流水賬和複印本？

二十世紀的德國詩人里爾克在《馬爾泰手記》中這樣寫着：「每當春天來臨的時候，重讀往日的日記，新的一年對我似乎總是像一種責難。……呵！也許我仍是屬於已經死去的往年。也許，這是新的難題，我們必須忍受年的輪廻以及愛。花與果實自然成熟、下墜，禽獸互相追逐、相親，滿足於他們之所有。只有我們人類，曾受神諾，卻永不能滿足。我們將自然無限地拉長，我們需求更多的時間，對我們而言，一年是甚麼？百年、千年又是甚麼？……」

一年又一年生活足跡的重疊，我是不是正像書中人馬爾泰那樣，「屬於已經死去的往年」？花果自然成熟、下墜，禽獸滿足他們之所有，人類卻是「忍受年的輪廻」、「需要更多時間」，這到底又因當人類是萬物之靈之故，還是人類的悲哀呢？

我一面翻閱自己那些少有變化的生活流水帳，一面想到里爾克這本唯一的小說《馬爾泰手記》；既爲自己的不長進悲哀，也爲人類的被賦有思想和對時間的貪婪感到悲哀。

淡泊的生涯

不只一次聽見從國外回來的朋友這樣對我說：「我知道你是不化粧的，眞不知道送甚麼給你好。」結果，她們不是送我一枝筆，就是一個鑰匙圈。三個兒子出國多年，他們從來也不會寄化粧品、首飾、衣著之類的禮物給我，書籍、名畫複製品、唱片、錄音帶等倒是經常供應不絕。其實，我並不是完全摒棄鉛華，也沒有完全無視珠寶的美；只是，我用得極少，而且個性崇尚自然主義，喜歡以本來面目示人，因而我的朋友和兒子也就都不把我當作女人看待罷了。年輕的時候，還曾經以自己的毫無脂粉氣而自豪，自認瀟灑；然而到了即使用盡世界上最昂貴的化粧品也無法喚回已逝的青春的今日，又不免有點後悔，而怨嘆自己枉爲女人。

可不是，比起別人光輝燦爛，多姿多采的生命；我雖然酷愛美術，愛好彩色，可是我的生命卻是黯淡無色的。我覺得：我太不會享受生命，甚至有點浪費生命了。

從少女時代開始，就深受「卻嫌脂粉汚顏色」這種自命淸高的觀念的影響，放棄了女性應有的敷粉塗朱的樂趣。又因爲生性內向，初中時同學個個學會了騎脚踏車和游泳，高中時同學紛紛學交際舞、彈吉他，而我，不但一竅不通，而且連邊兒都沒碰到。課餘之暇，一天到晚只知窩在家裏看閑書，變成了一個不折不扣的書呆子。

就這樣，從昔日的少女到了今天的祖母身份，我的性格未變，興趣未變，嗜好未變；數十年如一日，我的生命始終是一片淺淡的素色，我的生活方式也總是靜態的。

又因爲我本身是個職業婦女，數十年來都堅守在工作崗位上，把白天的時間都交給了公家，只有星期假日和晚上的時間是屬於自己的，因而我的休閑生活也是少之又少。在那些喜好熱鬧，盡情享受人生的人眼中，我這種數十年如一日，一成不變，平平無奇的居家生涯，不但比一杯白開水還無味，甚至還簡直有點辜負人生哩！

看書、看報、看雜誌、聽唱片，是我在星期假日和晚上的唯一消遣，也是多年來我心靈上至高的享受。有時，我也會拿起一枝六B鉛筆，臨摹圖畫範本，胡亂塗鴉一番，一方面想重溫少女時的舊夢；一方面也悄悄地萌生想做摩西婆婆第二的野心。明知臨老學吹打不會有甚麼成就，但是，就算一無所成，藉一枝畫筆來排遣光陰，美化心靈，應該也是很不錯的安排吧！

整理陽臺上花盆中的花花草草也是我的嗜好之一。在我們家裏，種花這份工作本來是屬於外子的；可是，他往往只管澆水施肥而不管別的。澆水施肥太多，無異揠苗助長，有時反而使得花草的根部腐爛，枝葉枯萎，因此，替花草修剪枝葉的「美容」工作便落在我的身上。我很喜歡這份工作，不但經常替那些花花草草摘枯葉、剪枯枝、除野草，而且還要不時的把每個花盆的位置移動，務求每盆花木高矮相間、疏密有致，使得陽臺更加美化，也使得我自己也更能游目騁懷。

當然，我的休閑生活不只以閱讀、聽音樂、學畫、蒔花爲滿足。其實，我最大的興趣還是在出國觀光以及遊山玩水；可惜自己多年來一直有工作在身，不能隨心所欲。要是想達成環遊世界的宿願，恐怕要期之於將來退休以後了。

在不能夠經常出去旅行的情況下，偶然靜極思動，我就會去看一場電影，聽一場音樂會，或者約幾個談得來的好朋友聊天，也能給予我很大的歡樂。

不作一般女性多姿多采的打扮；從不過燈紅酒綠的夜生活；很少參加社交應酬；公餘之暇絕大多數的時間都躲在家裏從事靜態的消遣；這樣不合時宜的人，聽起來不但落伍，而且她的生命似乎太沒有色彩了吧？幼時曾讀過諸葛武侯兩句格言：「淡泊以明志，寧靜而致遠」，至今仍服膺爲我的座右銘。那麼，沒有色彩的生命是不是可以用「淡泊的生涯」這五個字來代替呢？我覺得：能過淡泊的生涯還不算太壞啊！

不可一日無此君

小時候習字，用過一枝毛筆，筆桿上刻著「一日不可無此君」七個字。當時對這句話並沒有什麼特殊感受，但卻印象深刻。到了今日，我覺得用它來形容我和書本（包括所有讀物在內）的關係，可說貼切極了。

不久以前，我到海外去旅遊，其中曾有三天住在一位親戚家中。她家既不訂報紙雜誌，又沒有任何書籍，而我每天起來又比誰都早，在那段「孤獨」的時間裏，我的眼睛沒有文字可以閱讀，只好乾瞪著天花板，眞是有多難受就多難受。原來我的雙眼從識字開始就已時刻離不開讀物。

從國小開始，我就常常因爲愛看書而於課後流連書店，遲不返家；在家裏，又常因貪看小說不肯幫忙家務而被母親責備。等到長大後自己組織小家庭，一面餵嬰兒吃奶一面看報，一面燒菜一面看書的情形更是無日無之，當然偶然也會有噎到嬰兒或把菜燒焦了的糗事。當時也曾因自咎而痛下決心改過自新，可惜不久又會故態復萌。書本對我的魅力實在太大。

可也。

現在，我早已沒有兒女的牽絆，而且也從工作崗位上退下來，完全是閑雲野鶴之身；於是，書本更成爲我生活中最大的慰藉。不過，我承認我有點懶惰，我不想爲讀書而讀書，我喜歡隨興所之，東翻翻，西翻翻，碰到合意的，我會讀個兩三遍，不喜歡的，對不起，闔起來，束之高閣可也。

我也很沒出息，到現在爲止，我還是只愛讀閑書。可是，我卻不是「讀書不求甚解」的那種，卽使看閑書，我仍要考證。遇到不認識或不會發音的字，不論中文英文，我一定要馬上查字典；看到陌生的地名，一定要查閱地圖；讀到歷史上的人物或事件而不清楚的，也要翻百科全書，追根究底。我雖懶惰，卻是有疑必查，對考證的工作一點也不憚煩，不馬虎。

我本來就是個對時間極具吝嗇的人，我絕對不會讓自己呆坐著而不做任何事。卽使現在退休了，也不容許自己游手好閑。每天，除了睡覺、吃飯、做家事和偶然外出，無時無刻，都會一卷在手；甚至在看電視時，短短的廣告時間也需要閱讀。因此，我每天都需要大量讀物：兩份到三份的報紙、各種類型的雜誌，加上一些文學類的書籍以及工具書，讀物的消耗量相當大。幸虧現在是個出版業發達的時代，來源絕不虞匱乏。

也許我還是個沒有什麼學問的人；然而，愛書成癖，一日不可無此君卻是事實，書本，豐富了我的精神生活。

返璞歸真

一拿到了退休證明書，我立即如釋重負，迫不及待地就到市公所去把我身分證上的職業欄作更正。

櫃臺後的女職員像煞有介事地把我的證件審視一番之後，好心地對我說：「你是不是要回大陸去探親？給你改為『無業』好嗎？那樣辦起手續來比較方便些。」

「不！我不是要去大陸，我也不是無業遊民，請你給我改為家庭管理吧！」我毫不思索，馬上這樣回答。

說完了這句話，我不禁為自己感到一點驚訝：你不是曾經對「家庭管理」這個頭銜排斥過嗎？現在為什麼又自甘「墮落」了？

不錯，這叫做「此一時，彼一時」。年輕的時候，為了孩子，我不得不在家裏雌伏了幾年，那時，的確對自己的「家庭主婦」身分感到自卑而不甘，非常羡慕那些早九晚五的上班女郎。然而，物極必反，風水輪流轉，等到我也做了內外兼顧的職業婦女三四十年之後，竟又強烈地渴望回到家裏，做一個無拘無束、逍遙自在的家庭主婦。

當然，現代的家庭主婦比起三四十年前的好當得多，舒服得多；而孩子們又已長大離家，家務變得簡單，是兩個誘使我「回家」的主因。另外一個原因則是年齡的增長以及觀念的改變。

年輕時我很不懂事，以為結了婚待在家裏的女人都是因為教育程度低不學無術的關係。我從小就是個視讀書如同第二生命的書呆子，又怎肯甘心委屈自己於這種身分？慢慢，時代不同，目光漸廣，這才意識到「家齊然後國治」這個大道理，體認到家庭主婦對家庭、社會、國家貢獻之大，而把自己錯誤的觀念糾正過來。

現在的我，不但甘為煮婦，甚至甘為一個沒有什麼知識水準的奧巴桑。我覺得穿着家居服推着菜籃車上菜市場，跟菜販說一些言不及義的話，比起在某些正式會議上冠冕堂皇地發言，誠懇而有樂趣得多了。

沒事時聽聽古典音樂，是我多年來的嗜好。前幾天我聽了馬友友彈奏的貝多芬第一號大提琴協奏曲，琴音和旋律之美妙和諧自是聽得我如醉如痴。但是我忽然又驚悟起來：你陶醉個什麼？你聽得懂嗎？你所知的無非只是「好聽」而已，連欣賞者的資格都沒有啊！我驚駭得出了一身冷汗。是的，在艱深崇高的音樂殿堂之前，我什麼也不配，以後，我將不敢再對別人說我愛好古典音樂。一個祖母級的人，像嗎？

我甚至矯枉過正地寧願別人把我當作不識之無的鄉愚，何況我這個粗心大意的魯莽之人，有時也眞像。記得多年前我去買衞生紙，有一種牌子名叫「白雪」，我卻把「雪」字看成「雲」字，指着說要買「白雲牌」。店老板用不屑的眼光看着我問：「太太，你到底是要買白雪還是白雲呀？」使得我無地自容。

二十多年前第一次從臺北到香港省親，父親來接我，同乘計程車回家。離開香港多年，一路上我不免像土包子般東張西望。我發現路旁有一面很大的霓虹燈廣告牌寫着「FLAT」這個字，心生疑惑，就問父親「FLAT」到底是什麼商品。在父親還沒回答之前，年輕的計程車司機就搶着說：「什麼FLAT嘛？FIAT，汽車呀！」我這個糊塗鬼把I看成L了。當然，那時我的確還不知道有「飛雅特」這種汽車牌子。

在一般人的心目中，年齡較大的婦女大都沒有什麼知識水準，懂英文的更少。十年前那次赴美，在飛機上和我同座的幾名本省南部中年婦女，聽見我能夠和外籍的空中小姐交談，就問我是不是我先生敎的，否則怎會「講英文」？後來在旅行團中又認識一位敎英文的女敎員，她也很驚訝我居然懂英文。那麼，難道我的外表眞的像個沒唸過幾天書的奧巴桑？鐵是丈夫敎的，所以才懂得洋文。事實上，學海無涯，書到用時方恨少，我這種半調子的破英語，也只能唬唬門外漢而已，在眞正高水準的人士面前，大概還是要列入「不懂」這一類的，只不過並不是受敎於自己的丈夫罷！

在思想仍然相當幼稚的時代，遭到別人的輕視與誤解，我也許會心中不懌，難以釋懷。不過，在走過了人世的千山萬水，看盡了紅塵的大起大落的今天，胸中已是一片坦蕩，全無罣礙。不敢自認大智若愚，卻希望反璞歸眞，盡量藏拙。當了三四十年的「上班女郎」，重為「煮婦，又有什麼不好？

尋寶得寶

1

有的時候，整理舊物是一件很有趣的工作，就像是尋寶一樣，常會有意想不到的驚喜與收穫。近月以來，我曾經痛下決心把家裏堆積多年的舊物逐項清理。首先，我把那些堆放在紙盒中，雜亂無章的舊照片整理好，再分類裝進照片簿中，成爲我家的歷史檔案；然後，又把數百張唱片逐一檢查，把損壞了的淘汰掉。在整理照片時，我彷彿看到自己成長的過程，也看到了自己一家、親友，甚至社會在這數十年中的種種變化。在整理唱片時，從它們封套的由簡陋到豪華，也看出了這些年來物質環境的改善。

最近，我又開始整理我的「藏書」了。在不算小的書堆裏，我赫然發現了兩本極古的版本：一本是一九〇一年在美國波士頓出版的《歐文見聞錄》(*Irvings Sketch Book*)；另一本是一九二四年在紐約出版的《愛倫坡最佳故事》(*The Best Tales of Edgar Allan Poe*)，前者已是八十八年的高齡，後者也是有着六十五年歷史的骨董了。這兩本精裝的封面已變得斑爛殘缺，紙張也變成黃褐色的古書，我記得是唸外文的大兒在牯嶺街的舊書店中搜到的，扉頁上都有中國人的蓋章和簽名，原來的主人一定也是愛好文學的人，怎會讓一本有價值的書流落在外呢？

大兒出國已十多年，他沒有帶走的書我是接收人。這兩本書我因嫌它們其貌不揚而藏在書箱中，十多年來未見天日，我已經把它們忘記了。如今，久別重逢，不免有點驚喜交集，如獲異寶。在一分惜古的心情下，我把這兩本書揩拭乾淨，拿到陽光下去曝晒，希望能夠延續它們的生命。二十一世紀快要來臨了，《歐文見聞錄》這本與世紀同齡的古書，在世界上還剩下多少呢？我想：在美國的大學圖書館中大概有，可能為數不多。我這一本，應該可算是珍本吧？我何幸而擁有它。

2

好久沒有享受到這樣閒適的況味和極度寧靜的心境了，這都是由於音樂之功，也是由於我費時費力的把所有的唱片重新整理過。那將近一千張的唱片都是兒子們出國，留下給我的。從前，他們在家時，我都是撿現成，他們放，我聽。所以，這裏面有些什麼內容，我不怎麼清楚，因為他們走了以後，我沒有空再去碰，也沒有時間去聽，就任由那些唱片在架上被塵封。那天動手去整理，這才發現原來是一座寶藏，包括了所有我喜愛的音樂家的作品和許多我喜愛的樂曲在內；只可惜，有大部分都因時日過久而損壞不堪使用。我逐一檢驗，去蕪存菁，剩下能用的爲數還是不少。我想：從現在開始，我每天聽它一張，大概也要一年才聽得完吧？

偶然在電視上看到一個德國軍官以愛聽華格納音樂自豪。我原來也是華格納音樂的愛好者，受了感染，馬上就找出一張華格納的歌劇序曲，在人靜的午後，我一面刺繡一個靠墊，一面心無旁騖地欣賞起這位有「樂劇宗師」之稱、氣魄雄渾而旋律又極爲優美的華格納作品。

在我所欣賞的音樂中，我似乎比較偏向纖細柔婉的風格，像蕭邦的鋼琴小品；但我也偏愛柴可夫斯基的沉鬱淒美。而愉悅、輕快、美妙的莫札特作品，以及華格納豪邁有力、磅礡逼人的樂曲也是深得我心。我對音樂的喜愛是多方面的。

此刻的我，坐在沙發上，一手拈針，用彩色絲線做畫筆，在緞子上綉出花花葉葉綴成的圖畫，這是一種靜態的傳統東方藝術。然而，我耳朵聆聽的，心靈接納的卻是上一個世紀的德國音樂。這豈不是一個矛盾的現象與行爲？

事實上卻不然，藝術無國界，只要感受到它的眞善美，我們就有資格欣賞這種藝術。綉花是我的所好，聽華格納音樂也是我的所好，我以綉花來排遣時光，聽音樂來美化我的心靈；這兩者配合得那麼和諧，所以我享受到閒適的況味和寧靜的心境。

整理舊物就像尋寶。歐美人常常在家中閣樓上的先人遺物中尋寶，我沒有閣樓，卻也眞的找到了心中的寶物。

都市中的綠洲

都市中的綠洲

我每週都要從中正紀念堂側的信義路一段經過兩次。走在那潔淨、寬闊的紅磚道上，遠眺巍峨的、莊嚴肅穆的、藍瓦白牆的中正紀念堂；近觀那兩座堂皇富麗、紅綠藍黃金五色輝映、宮殿式的國家音樂廳和國家劇院，藍天在上，綠樹在側，頓時，一種置身在畫圖中的感受，使得我欣喜莫名。

在地狹人稠、紅塵十丈的大臺北，要找一個空氣清新、視野遼闊的去處，可說難上加難。而這裏，既有廣場，又有公園、花圃、小橋、流水、魚池，眞可以說得上是都市中的綠洲。即使只走在那道長長的藍瓦的圍牆外，也會心曠神怡。我最喜歡欣賞圍牆上那一道道形狀不同的窗門：圓形、菱形、梯形、扇形、五邊形、六邊形、八角形……不一而足，好像沒有一面是雷同的，眞令人佩服設計者的匠心。這些窗戶的形狀，常使我想到小時候吃過的小餅乾。當然，我們現在什麼好東西都可以吃得到了，並不懷念那些土土的小餅乾，不過這也給我以一種聯想的喜悅。

我喜歡走過中正紀念堂側的感覺，我以我們能夠享有這個都市中的綠洲爲榮。

幸福是什麼？

幸福是一種十分抽象的東西，它的定義視一個人的年齡、性別、社會地位、學養等而有所不同。年輕人大概都以情場得意爲幸福；中年人以事業有成爲幸福；婦女都期望琴瑟和諧、家庭美滿爲幸福；從事藝術工作的人最大的幸福是創造出滿意的作品；而一個勞動階級，只要每天有肉可吃有酒可飲就是無上的幸福。

幸福和健康一樣，是金錢買不到的，所以，有錢人未必幸福，相反地，窮人也照樣可以過幸福的日子。而一般人都很容易犯了「人在福中不知福」的毛病，總是千方百計想去找幸福，卻忽視了就在身邊的「青鳥」。

所以，我們只要明白平安就是福，懂得知足常樂，每天不斷地在平凡的生活中發掘一些小小的快樂，那不就會常常快樂麼？

幸福的感覺就是對現實的滿足，那是存乎一心的。懂得這個道理的人有福了。

書桌

一位文友告訴我說她在家具店中找不到書桌可買，我深有同感，因爲我也有過相同的遭遇。半年前，我因爲想換一張較大的書桌，跑遍了十來家家具店。結果，每一家家具店所出售的書桌，絕大部分是給小學生設計的，並不適合成年人（那麼，中、大學生呢？）使用；要不然就是辦公室中的辦公桌，或者龐然大物的董事長之流使用的辦公桌，就是沒有一般家庭合用的。我不禁懷疑起來：難道成年人就不需要書桌？他們不需要寫信、寫日記、記賬，或者處理一些私人的事務？

而我自己，從小就擁有一張自己的書桌，以迄現在都從未闕如。即使剛到臺灣的早期，生活貧乏，睡竹床，坐竹椅，連一張餐桌都沒有；但是，一張書桌絕不可少（也可以兼作吃飯之用）。我不明白，時至今日，大家已有能力購買進口的眞皮沙發了，爲什麼居然大多數的人認爲書桌是多餘的。

十幾二十年前，我就曾寫過一篇題目爲「書橱與酒櫃」的方塊，呼籲社會大衆多重視書香少注重物質；後來也陸續有個人和社團提出過這個問題。可惜，小小漣漪根本起不了作用。想不到，在國民收入已及一萬美元的今天，我們的社會並沒有增添多少書香，不但書橱無法取代酒櫃，甚至連一張書桌都無法在每個家庭中立足，寧非怪事？但願有一天書桌能夠取代牌桌，書櫥能夠取代酒櫃。

生活偶拾

忽然間，
我似乎變成了一個既吃不起
也捨不得吃的人。

給我一份乾淨的報紙

作爲一個讀報讀了幾十年，而且「不可一日無此君」的讀者，一份報紙在日常生活中所占的重要性，眞是不亞於一日三餐；否則，怎叫精神食糧？

尤其是我。在早餐桌上，邊讀報邊進食，已成爲多年的習慣，也是我的生活樂趣之一。可惜，絕大部分報紙所使用的油墨品質都不佳，翻完一份報紙之後，十指烏黑，無法繼續進食，眞是大煞風景，令人遺憾！

我不相信所有油墨都會褪色。起碼，雜誌和一般書籍都不會，惟獨報紙的油墨會污染讀者的手，爲甚麼呢？是報社爲了省錢，專門買那些劣質的油墨來印報嗎？

我眞希望有一份乾乾淨淨的報紙給我閱讀。這份報紙不但油墨不會沾污讀者的手；而且版面清清爽爽，不用迷你字體刊登分類廣告來傷害讀者眼睛；不登色情廣告（包括文字和圖片）來污染讀者的心靈；更不扭曲事實、譁衆取寵，不誇張暴力和色情之類的犯罪新聞。無論外在和內容，徹頭徹尾都清潔溜溜、乾淨無瑕，那就眞是讀者之福了。

報禁已經開放，我相信千千萬萬的讀者和我都在期望著，將來能夠有一份，甚至更多份眞正清潔、乾淨的報紙。尤其是那些像我一樣喜歡在早餐桌上看報的人，一定都渴想有一份不會污染雙手，也不會污染心靈的報紙。

食無肉

忽然間，我似乎變成了一個既吃不起也捨不得吃的人。

一位鄰居好心地對我說：「你雖然是一位忙碌的職業婦女，但是，也不要吃得太簡單，那會不夠營養的，身體要緊呀！」

一位同事也對我的午餐內容（往往只是兩個三文治、一份水果）表示關心。「你中午只吃這麼少，怎麼夠？不要捨不得吃，健康比甚麼都重要！」她眞是一副菩薩心腸。

丈夫因爲膽固醇過高，這些年來，除了魚以外，不吃任何肉類，我對肉食一向也不感興趣。因此，我們的三餐都沒有肉，中、晚兩餐往往是一魚兩素，而且口味十分清淡，習慣了也不覺得難吃，有時甚至甘之如飴。「青菜豆腐保平安」、「菜根滋味長」，爲了身體，這樣吃有甚麼不好？大概是有一次給一位鄰居看見了，竟然誤會我們吃不起，以訛傳訛，而引起了善意的關懷。

這些年來，我們這個社會已經吃得太好了，各種富貴病、成人病紛紛「應運而生」。每次參加飯局回家，我必定在下一餐只吃清粥蔬菜，以求得營養的平衡。何況我本來就有愛吃素的傾向，既然丈夫因健康關係不吃含膽固醇高的食物，加上四個肉食動物的兒子都已離家，我自然就可以自由自在地不必「食肉者鄙」。

「民以食爲天」，國人一向注重口腹之欲，認爲把錢花在吃上面才是最實際。像我家這種少油寡鹽（我們幾乎不用醬油）、盤中無肉的吃法，怪不得會引起別人的驚訝與同情，以爲我們吃不起或者捨不得吃了。

不要數典忘祖

近年來，我發現一些自命新潮或者是前進、甚至前衞的人士，他們在談話、寫作和塡寫文件時，不使用中華民國年號而使用公元，我不知道這些人是何居心。

當然，要是談（寫）到的是在國外發生的事，用公元無可厚非。只是，在國內的也是如此，連自己的出生年分都要說是一九××年，那就未免數典忘祖，令人齒冷了。

有人認為愛國是一種酸腐的行為，他們很「不好意思」那樣做。這眞是荒唐、可笑又可憐的想法。假使他們認為可以不要國家，那麼請他們去試試越南難民的滋味吧！

勿醜化女性

電視上的綜藝節目，我一向不看。只是，有時在別人家裏，在廣告時間轉臺時或難免短暫看到。我發現，這些綜藝節目的內容不但和二十年前一樣很難獲得我的青睞，而且，它們居然有了一個新的共同點——除了要男人扮女人之外，就再也想不出別的噱頭來。

最令人反感的是，這些男人全都把女人醜化。這些假女人濃粧豔抹，打扮得像風塵中人，而且一個個都是三八又作怪，看了令人噁心反胃。

固然，他們這樣做是為了吸引層次較低的觀衆。不過，製作節目不求提升水準，反而迎合下流，也是夠悲哀的。如此侮辱女性而下三濫的節目，我們婦女應該可以要求改善，否則就拒看吧！

公車上的奇遇

有一次在公車上看見一個少婦和一個原來不認識的中年男人，因爲坐在一起而交談得像老朋友一樣。我剛好坐在他們前面，對他們的談話聽得很清楚。起初，我感到有點訝異，等到聽了一半，立刻恍然大悟，不再驚奇，只對那個少婦善於把握時機、無孔不入的敬業精神感到欽佩。

原來她是個保險公司的業務員，她先向坐在旁邊的中年男士搭訕，再以地緣關係拉近彼此距離，到最後才透露出目的所在，手段實在高竿。

不久之後，我在坐公車上班途中，一位坐在我旁邊的少女忽然轉過頭來跟我說：「太太，我可以跟你說幾分鐘話嗎？」我還沒有回答，她就拿出一本小册子，指封底上的一個名字給我看，說就是她；然後又把封面翻過來，我瞄見有「神」、「靈」這兩個字，立刻就心裏有數。

「小姐，對不起！我馬上要下車了。」我委婉地推卻了她要向我傳教的好意。

過了一會兒，她看見我還沒有下車，又再度提出，這次我只好騙她說我是信佛的，她才有點不甘心地不再開口。

在這個人情淡薄的工業社會裏，有陌生人主動向你說話原應受寵若驚。可惜，這些主動搭訕的人都是職業性的（還好不是金光黨），我除了佩服她們善於把握時機外，自己居然也躬逢其盛，只能說是一種奇遇了。

逛書店之樂

談到逛書店，恐怕每一個愛書人都會眉飛色舞，認爲是一樁賞心樂事吧？的確，在書店中隨意翻閱各種圖書，遇到有合意的就把它買回家，那種名副其實的開卷有益而又可以增添自己藏書之樂，若非親身體驗過，實在難以形容。一般公共圖書館雖然也有浩瀚的書海可供涵泳；但是在圖書館中非得正襟危坐來閱讀，又怎比得上在書店中的自由自在呢？從前，窮學生逛書店看白書常遭店員的白眼；如今，一般現代化管理的新興書店都採取開架式，任由顧客自由閱讀、自由取貨，而且有座位可供坐讀，再也不必擔心店員的白眼，逛書店就更加寫意了。

我最早的逛書店經驗是在初中一年級時，那也是書店店員對窮學生們白眼相加最多的時代。不過，我那個時候逛書店都是跟同學們結伴出去的，仗着人多勢衆，倒也不怕店員的白眼。

那個時代，有一家叫廣益書局的印行了許多以章回小說爲主的銅版書，而且以一折的低價傾銷。這樣一來，就吸引了無數愛看舊小說的讀者。我不知道當年成年顧客的情形，我只知道我們這些小女生對那些章回小說都迷得如痴如醉（是不是因爲價廉的關係呢？）。每天放學以後，便呼朋喚友地背著書包到書店去「尋寶」。因爲價錢便宜的關係，我們並非完全看白書，隔一兩天總會買一本回去。在那個階段裏，我把《水滸傳》、《三國演義》、《西遊記》、《封神榜》、《孟麗君》、《七俠五義》、《紅樓夢》、《聊齋誌異》……等等著名的舊小說全都瀏覽了一遍。雖然有很多只是一知半解，但是卻也看得廢寢忘餐，幾乎影響到課業。父親固然也曾經一再告誡我不可以爲了「閒書」而誤了學業。不過，他也是個愛書人，他也常常買「閒書」給我；因此，那時的我也擁有不少藏書。可惜，經過兩次逃難，一本也沒能帶到臺灣，想起來都覺得心疼。

上了高中和大學以後，我閱讀的興趣轉向新文藝、翻譯小說和英文小說。住在香港那幾年，因爲迷電影，逛書店時總是以美國出版的電影雜誌爲第一目標，遇到介紹自己心目中的偶像明星時，就一定要把這本雜誌買回去。迷電影，迷影星，也許不是值得鼓勵的事；不過，從閱讀那些英文的電影雜誌而學到了不少現代英語，卻也是另外一種收穫。

剛來臺灣那幾年，我也常到書店去買英文雜誌，位於衡陽路的文星書店和西寧南路的臺灣英文雜誌社，我都經常光顧。我最常買的是《國家地理雜誌》（National Geography）、《紅書》（Red book）、《婦女家庭雜誌》、《好管家》（Good Housekeeping）等幾種。那時英文雜誌的價錢很貴，我因爲靠投稿補貼家用，不得不花點本錢。好在稿費雖低，比起雜誌價錢，還是很划得來。

經過了這麼多年，我很慶幸自己愛書的習慣未改，我依然愛逛書店，愛買書、讀書。雖然我已不再熱中於章回小說和電影雜誌；但是，我仍以在書海裏涵泳和坐擁書城爲樂，也永遠以讀到好書爲樂。

要是沒有好書可讀，人生將會多乏味！這個世界又將會多寂寞！

我見我思

自私的心態

每天上下班我都要走過一條交通頻繁的兩線馬路。這條馬路兩旁的人行道早已被商店霸佔爲堆貨的倉庫、小型工廠施工的工場、飯館的厨房、住戶的停車場，行人根本無法通行，往往逼得只好冒風險走到馬路上。但是，儘管馬路這麼狹窄，來往的車輛又這麼多，兩旁住戶的有車階級，還仍是隨意把汽車停在路旁，使得馬路更形狹窄，交通時時堵塞，行人走過時更是險象環生，如入虎口，有行不得也之嘆。

我常常感覺到，自從我們的經濟起飛，一般的生活都獲得改善之後，國民道德也就隨之低落。且不說犯罪事件之層出不窮吧，單就心態上的自私表現就夠可怕的了。像搭公車爭先恐後、少壯的人佔位不讓座給老弱婦孺；像排隊辦事時總有人插隊或投機取巧；像使用公共的東西不但不加以愛惜，還加以破壞；像在公共場所任意抽煙和製造噪音；像隨地丟垃圾和汙染環境；像……。總之，種種由於自私而造成的損人不利己的行爲，眞是不勝枚舉；而上面所說的佔用人行道以及隨意在馬路邊停車，只不過是其中的兩種罷了！

人非聖賢，能夠做到摩頂放踵而利天下的，可說絕無僅有。要是人人能夠克制自私的心態，自律自愛，尊重別人；我相信，這個社會一定祥和得多，可愛得多！

郵票．鈔票．硬幣

去年的耶誕前兩週，我未能免俗的爲一些遠居海外的親友寄上一批賀卡。寄出兩天之後，忽接到從郵局退回我的一張賀卡，上面張貼著「郵資不足」的紙條，要我貼足後再付郵。仔細一看，原來應該貼十元郵票的，我不小心貼了一元。我把我貯存郵票的盒子打開，要找郵票補貼，這才發現十元郵票的紫色和一元郵票的深藍色是那麼接近，若沒有注意到上面的阿拉伯數字，一時疏忽，就很可能弄錯了。設計郵票的先生起初也許沒有想到，要是改用別的顏色，使用的人也許就會減少弄錯的機會。

這使我想到如今正在流通著的十元硬幣與雖已停用仍在流通的一元硬幣大小一樣，就常常使人因此而吃虧受騙；五百元鈔票和十元鈔票的顏色也太過接近，也曾經有人因不察而受愚。我想：這大概都是由於當初設計時考慮不夠週詳吧？說起來也許是小事，對大衆利益卻不無影響啊！

麵包店的衛生問題

如今的麵包店都採取開放式貨架，備有盤子和夾子，任由顧客自由取用，表面看來，在衛生方面似乎夠安全了，事實上，眞的如此嗎？

首先，這些麵包店大多數是門雖設而常開，以招徠顧客；但是，這樣一來，灰塵與蒼蠅也跟著自由進入，那些放置在開放架上的糕餠麵包，怎能保證不被沾汙？

再者，麵包店雖然備有夾子供人取用，可是有些顧客卻很沒有公共道德，喜歡用手去挑選，這樣，有夾子又有何用？有一次在麵包店中我親眼看見一老年男子不斷用手把架上的麵包一個個的去翻動，起初我以爲是店老闆用如此不衞生的方法去處理貨物，不免多看他兩眼，那老年男子發覺有人注意他，這才訕訕地離去。這個人，可能是神經有點不正常，不過，你不能保證其他麵包店沒有這種人吧？

還有，那個給顧客盛麵包的盤子，衞生程度也很可疑。我只知道店員小姐不時會用一塊髒髒的、沾滿油膩的布去擦拭，有沒有每天拿去清洗，就不得而知。那塊抹布上含有多少細菌？糕餠麵包味道雖美，一想到這點，也令人食不下嚥。

還有一點，店員小姐在替顧客包裝好以後，總是順手把袋子往那個油黏黏的盤子上一放，使得那個袋子下面也是油膩膩的，於是，倒楣的顧客說不定也弄得一手一身都是油。

在提升生活素質的今天，大家都注意到改善酒樓、飯館、餐廳、小吃店、冷飲店的衞生，麵包既已成了我們天天不可缺的食物，麵包的製造過程固然要合乎衞生，而麵包店的衞生也是不容忽視的。

骨董紀念册

爲了要找一分舊證件，我打開了那個多年不曾開啓的箱子。當我把一些泛黄的、被蠹蟲蛀蝕過的、因年代久遠而變得易碎的紙張、舊信、日記簿之類一一清理時，無意中發現了一本小小的紀念册。啊！是它，久違了！雖則原來寶藍色燙金的封面已變得烏黑一片、黯然無光；但是，我又怎會忘記了它——這跟隨我已經半個世紀的重要紀念物？

丢下手中的工作，我坐下迫不及待地打開内頁，重溫舊夢。第一頁是一筆秀麗的隸書字體，工整地寫著「留心學到古人難，書有未曾經我讀」兩句話，落款的是杜雅雲三個字。假如我的記憶沒有錯誤，這位女士應該是我一位初中同學的母親，而且也是一位知名的書法家，所以我們這羣小丫頭都紛紛拿出自己的紀念册去求得她的墨寶，而這位書法家居然一點也不惜墨如金，有求必應，實在難得。假如她如今還健在人世，將是八九十歲的長者了，她還會記得半個世紀以前她女兒的小朋友嗎？

第二頁又是娟秀的毛筆字，寫的是韓愈的「業精於勤荒於嬉，行成於思毀於隨」，題字的人是「筱雲」，她（他）是誰？是老師嗎？又好像不是。人家還蓋了一個印章，表明姓「劉」哩，而我竟然苦思想不出是誰，實在太抱歉了。

再下來是用圓滾滾而熟練的英文筆跡寫的幾句英語格言。我記得她，她是我第一個接觸的西方人，高一時的英文老師Finch小姐。她來自英國，是一位抱獨身主義的傳教士，人也是胖得滾圓滾圓的，對學生很和善，我到現在還約略記得她的面孔。

按著年月，下面便是高中的校長、老師和同學們的手迹。老師的語多勉勵；同學們寫的卻都是俏皮的話。往事歷歷，如在眼前，現在想起來還是覺得很溫馨。慚愧的是，在册子中幾乎每一位同學都因爲我的學業成績優異以及國文成績突出而給我冠以「高材生」、「大文豪」等綽號。當年雖曾因此而沾沾自喜；現在卻不免由於自己的碌碌無成而汗顏無地。

上了大學不久就遇到戰亂，所以這本小册子中大學師友們的題字很少。從此，它跟著我從香港而澳門而桂林而重慶而廣州，最後又渡海來到臺灣，在箱底躺了四十年，到最近才得以重見天日。

在澳門的時候，我曾經因暫時失學而當了一個學期的小老師。在這本紀念册上，完整地收集了那所小學的校長和全體老師的題字。當時我是少不更事，不懂得欣賞。現在再翻開來看，這才發現他們全都是飽讀詩書之士，一個個的毛筆字都媲美書法家，內容也全都引經據典，含意深遠，令人折服。當年，我以一個黃毛丫頭，居然和這些宿儒（其中有一位還是我祖父的舊識）平起平坐而不懂得多向他們請益，現在想起來眞是慚愧而後悔不已。

澳門之後，是在桂林認識的幾位朋友的題贈，很遺憾，有些人的名字我已不復記憶，徒然辜負了別人的一番好意。這本册子最後一頁，是我生平第二次投稿的一本雜誌的主編題的，他抄錄《離騷》的前幾句：「紛吾既有此內美兮，又重之以修能。……」而這正是我最愛讀的中國古典文學中的名句，彌足珍貴。

這以後，也許因爲長大了，我沒有再買紀念册。這本唯一的小小藍色册子，陪我走過半世紀，也走過千山萬水，雖然已有資格送進博物館，卻也無形中成爲我個人歷史的忠實紀錄。有些我早已忘懷的事，竟也能從這裏面所寫的年月而印證出來，這就更增加它的價值。

除了是我個人歷史的紀錄外，這本小册子又可以反映出當時的社會。那個時代還沒有原子筆的發明，年長的人仍使用毛筆，學生則都使用鋼筆。在這本册子中，使用毛筆的人個個都寫得一手好字，對國學也有很深的造詣，這也可以看得出當年大家仍很重視國文和書法。

而另一個相反的情形則是，在我周遭的人中，頗有崇洋的趨向，因爲在這裏面，除了洋老師不算，用英文爲我寫紀念册的，竟有五人之多，這可能因爲我上的是教會學校，而又地處香江之故吧？環境使然啊！

無意中發現了這本小小紀念册，眞是一次意外的收穫，我家有資格稱爲「骨董」的東西還不算少，不過，保存了五十年以上的恐怕沒有幾件。這本件我走過半世紀，經歷過兩次戰亂，然後渡海東來，間接印證了我個人青少年時代的歷史，留存著我師友們的筆跡，蘊含著他們的情誼的紀念册，應是其中最珍貴的了。

一天中的五樂

很多接近黃昏歲月的人往往談退休而色變，也有人千方百計去延緩退休的時間。在這些人之中，有些是貪戀高官厚祿；有些是不甘寂寞；有些則只是害怕不習慣「家裏蹲」。然而，生老病死是人生必經的過程，每個人都會老，到了一定的年齡就必須退休。否則，人事無法新陳代謝，年輕的後進又怎能遷升？像目前那些資深民意代表，大多數已是八九十的高齡，有些長期臥病在床；有些行動不便甚至無法自己投票；在全國民意的勸退下，依然戀棧不去，甘受種種屈辱。如此的想不透、看不開，眞是何苦來哉？

不過，世間上亦有少數沒出息如我者，居然有福不會享而提前退休，這就要看個人的心態了。

在社會上服務了將近四十年，每想到生命無常，人生苦短，就會興起了「田園將蕪胡不歸」之思，希望爲自己留一些歲月，做一些自己想做的事。錢財身外物耳，生不帶來，死不帶去，少賺一些又何妨？就這樣，在去年三月，我毅然放棄了近四十年的白領階級身分，在身分證上改塡

「無業」這兩個頗不光榮的字眼，恢復了嚮往多年的閑雲野鶴之身。

退休的早期，我簡直興奮得像一隻出籠之鳥。往昔在中午和好友們餐敍聊天時，別人可以聊到三四點甚至整個下午，而我卻不得不很掃興的在上班前離開那羣談興正濃的人，總覺得自己太過命苦。如今可好了，高興聊到幾點就幾點，高興到那裏去玩就到那裏去玩；沒有任何人或任何事可以阻擋我，這才是爲自己而活嘛！

當然，退休的目的並非單純是玩，計劃要做的事還多著哩！退休早期的比較貪玩只是一種補償心理，也有點要慰勞自己多年的辛勞。因此，在去了一趟美國，和那邊的三家兒孫團聚了將近兩個月之後，回來不久我就開始我有規律的、退而不休的另一種家居生涯。

對那些性格瀟灑、不愛拘束的人而言，我這種自律甚嚴、有條不紊的生活簡直刻板、枯燥得可笑；但是，我卻恰好相反，我受不了散漫無章，我喜歡起居有定時。

我每天大約在五時半到六時半之間醒過來。醒過來第一件事是扭開枕畔的收音機收聽英語教學節目，這是我一天之中的第一次「一樂也」。當年在學校時，英文就是我最喜愛的一科，後來爲了順應潮流，卻進入當時女生最熱門的中文系，雖然不至於後悔卻也如有所失。進入社會後，基於個人興趣，我經常閱讀各種英文書刊來自修英文，不過我並不是很用功，只是隨緣隨興地學習。聽廣播，正是最適合我這種人。

說來慚愧，收聽英語教學，我從來不用課本，我只是躺著聽，有時聽著聽著又再入睡。雖則如此，日積月累下來，還是有點效果的，起碼可以訓練我的聽力。最令我高興的是，偶然有一兩個字我不明白它的意義，但是我從它的發音聽得出它的拼法；起床之後，翻開字典一查，跟我想像中的拼法果然絲毫無誤，這時，眞是快樂得像中了獎。經過這樣一查，它的意義也比較容易記憶，這樣連帶也增進了不少字彙。

從五點半或六點半醒過來，我每天可以收聽一個到三個的英語教學節目。然後，七時我一定起床，即使星期天或休假日也如此，我不容許自己偷懶。

在吃早餐時一面看報，是我一天之中的第二次「一樂也」。這次的「樂」，重心是在報紙上而不是在早餐上。報紙是我最重要的精神食糧，是不可一日無此君的。過舊曆年時，派報生休息四天，家家無報可看，使我那四天如坐針氈，食不甘味，其魅力竟有如此之大者。

九時，是我給自己規定的上「班」時間。這時，我會把尚未看完的報紙放下，坐到我那擺放在臥室兼書房窗下的書桌前，開始我的工作。從九時到十一時，我或者從事寫作，或者臨帖練字，或者閱讀，或者寫信，這張書桌和圍繞在後的幾個書櫥，就是我小小的王國。在這兩小時之內，我讓我的心靈隨意翱翔，享受最高的精神境界，也是我一天之中的第三次「一樂也」。

十二點我和外子準時吃中飯，爲了怕吃進太多的膽固醇之類的食物，我們吃得很簡單，近乎吃素；所以我們的烹飪工作也十分簡單，一切由微波爐代勞，厨房裏沒有半點油煙，清潔溜溜。朋友們都取笑我們「不食人間煙火」。

看完了電視上十二時半的新聞之後，我坐在沙發上打個盹兒，大約十五分鐘到二十分鐘就起來，立刻到樓下信箱去取信。爬樓梯，是我不出門時的運動之一；為了要增加運動量，每天我都要儘量爭取上下樓梯的機會。要不然，在室內急步走來走去，也算是一種運動。

下午，我從事的都是輕鬆的工作：學習素描、臨摹水彩畫、做針線、刺繡、看閒書（包括雜誌和早上未看完的報紙）等等。而最愜意的一件事是：在唱機上放一張心愛的古典音樂唱片，在悠揚悅耳的旋律中，一面閒閒地做著女紅；手只是機械地活動著，全副心靈則投入在音樂的天地中。這，正是我一天中的第四次「一樂也」。

晚飯後，一天的所有工作全都結束。將客廳落地窗的簾幕拉上，把世界隔絕在外，讓溫暖的燈光擁抱著自己，我開始享受我一天中的第五次「一樂也」，以最閒適的心情來觀賞電視。從七點半的新聞開始，八時的連續劇我從前是不看的，退休後因為時間充裕偶然也挑一些文藝性的看看。雖然由於粗製濫造、劇情荒謬而不合理等現象而一面看一面批評；不過，這也是因為愛之深的關係。

九時的公視我多數看。九時半的我只看旅遊類。要是沒有我愛看的，我看昨晚錄下來的影集。不是崇洋，事實上，人家精心製作的影集多數相當精彩，我不得不承認：影集是電視節目中唯一能夠吸引我的。

享受完了我的第五樂，十時半到十一時之間我必定上床，又在期待著明天的第一樂。

這就是我目前典型的生活型態，我不但不嫌它的刻板枯燥，而且還甘之如飴。有時，一個星期足不出戶也不在乎，反而因爲不必接觸到戶外污染的空氣和環境而沾沾自喜。很奇怪，自從過了這將近半年的「隱居」生活後，我居然已一點也不貪「玩」了。電影院絕跡不去；團體活動不大參加；朋友間的聚會也不像以前那麼熱中了。

退休不是生命的終點，是人生另一個階段的開始。只要在事前有足夠的心理準備，有妥善的計劃，這剩下的黃昏歲月還是多姿多采、大有可爲的。儘管我個人的退休生活十分平淡，也許甚至刻苦得有如清教徒；不過，這是我自己的選擇，是個人的興趣所在，所以在平淡中也迸發出奇趣，使我在一天之中感受到五次「一樂也」，有生如此，還有什麼好苛求的呢？

期待的滋味

期待的滋味

旅行是我的最愛。雖然不能像某些空中飛人，以機艙爲家；不過，一年出國一次的記錄是起碼維持著的。旅行時拋開一切公私瑣務，盡情遊山玩水，固是人生一樂；出發前的準備工作，我也認爲是一種樂趣。

我是個緊張型的人，每次出遠門，早在一個月之前，就開始打點行囊了。我先把需要購備的東西（像底片之類）、需要辦的事、需要帶的物品，分別列出清單，然後根據緩急輕重，一樣一樣去買，一件一件去做。我這樣假以時日，好整以暇的準備，絕不會手忙腳亂，也比較不會掛一漏萬。

在從事旅行前的準備工作時，我的心中總是充滿了興奮與期待，像孩童盼望過新年，也有點像少年男女盼望著和戀人會面。

期待本身就是一種甜蜜的感受，所以我在期待旅行日子來臨時，心情也是甜蜜的。

假使我們對未來懷著美好的憧憬，天天期待著美好將來的來到，生命豈不也充滿了甜蜜？

事在人為

搜集一些玲瓏小巧的手工藝品，分門別類地擺飾在一個玻璃橱裏已經有好幾年。東西雖小，成長的速度卻很快，自己或家人出一趟遠門回來，少不免又增加幾件，橱裏早已物滿爲患，因爲過度擁擠而顯得雜亂無章。

也曾經想過多買一個玻璃橱，把這些小玩藝兒疏散一下；可是我的客廳不夠大，再也沒有餘地容納一個橱櫃。在想了許多方法都行不通之下，忽然靈機一動，把主意打到那八個組合式的正方形櫃子上。

那八個正方形櫃子是我兒子們精心設計的，已使用了很多年。四大四小，組合起來後，中間放電視機，一側放電唱機，一側放錄影機；下面則分別擺放唱片、錄影帶、精裝的畫册之類，有幾個並沒有放滿，浪費了不少空間。於是，我把這些櫃子整理了一下，去蕪存菁之餘，居然把兩個小的櫃子騰空出來。我利用這兩個空櫃子來擺放原來擠在玻璃橱中，比較大型的陶瓷製品；這樣一來，玻璃橱略爲疏鬆了一點，而這一系列組合的橱櫃，也由於那些陶瓷品的裝飾作用而有了一個新面貌。

我常常想：世界上沒有什麼不可能的事。事在人爲，只要你肯動腦筋，肯動手去做，總是會成功的。

被寵壞的現代人

個人略有潔癖，一天洗手無數次，而且一定要在水龍頭下沖洗。因此，每遇停水，便惶惶然不可終日，坐立不安，心神不寧，彷彿世界末日來臨，眞可說談停水而變色。

不幸，我們雖然身爲現代大都市中每月繳納自來水費的居民，卻仍是偶然得嘗無水之苦。有時是值枯水期，供水不足；有時是管線被挖斷；有時則是因爲停電，或是家中的抽水馬達故障了，自來水水壓不夠，上不了樓。

如此一來，停水又與停電關係不可分，停水固然痛苦，停電更加痛苦，因一旦停電，我們這些現代人的生活起居，便全都停擺了。

首先，照明便成了問題，雖有熒熒燭光可以代替，可是讀書寫字多不方便。然後，水停了；電腦、電爐、微波爐通通不能用，只好停炊。門鈴不響了，有人來怎麼辦？沒有電視看，日子又多無聊！假使是在夏天，冷氣機、電風扇全都不動，那才叫人受不了！更受不了的是，沒有水洗手洗臉，對那些有潔癖的人而言，簡直是活受罪！

電力，眞可說是現代人的救世主，沒有了電，日子該怎樣過？可是，我們爲什麼不想想古人「鑿井而飲，耕田而食」、「夜歸兒女笑燈前」、「輕羅小扇撲流螢」、「涼瓜沉李」這些享受大自然之樂，而非要被各式各樣的家電牽著鼻子走呢？現代人不是被寵壞了，就是因物質享受迷失了本性。

噪音

家居無事時，我喜歡聽聽古典音樂，以紓解身心的疲乏。然而，我從來不曾好好地在完全沒有噪音干擾的情況下盡情欣賞。

爲了怕吵到鄰居，我從來不敢在晚上放唱片或錄音帶。可惜，無論在白天的什麼時間想聽聽音樂，我都得忍受噪音的干擾。

最大的噪音來源是各種機動車輛的馬達聲，這種噪音，即使在巷弄中，仍是無時無刻的存在著，而且無孔不入。再來是飛機在天空飛過所製造出來的噪音，它可以蓋過任何交響樂最響的樂音，只要屋頂有飛機經過，你就得暫時做聾子。另外一種是小販用擴音機叫賣的噪音，他們不管人家是否在午睡，都把音量開到最大，震耳欲聾。這種行爲其實已嚴重侵犯了別人的安寧，不過一般人都抱著息事寧人的態度，沒有人去抗議，只好任他們爲所欲爲罷。

自從卡拉OK流行之後，這個社會又多了一種噪音。我們巷子裏有一戶人家，就經常大放卡拉OK，而且唱的都是日本歌或臺灣的哭調，唱得又不高明，吵得整條巷子的居民都大起反感，但是仍然沒有人去抗議。敦親睦鄰嘛！誰願意去當惡人呢？

噪音盈耳，耳根永遠無法清靜，這就是現代都市居民的悲哀。好在習慣成自然！噪音聽多了，耳朵已生了繭，似乎什麼都已不在乎。

六六大順報歲蘭

好像每一個人都有一個心目中的幸運數字，或者是一樣認為會給自己帶來幸運的吉祥物，這，說起來似乎有點迷信，不過，迷信也不一定不好，它多多少少可以給人增加信心；所以，我這個最不迷信的人也有一個幸運數字。

在還沒有說到我的幸運數字之前，我要先說兩則我少年時代的小故事。

我相信我一定是因為小時候讀過國父孫中山先生幼年打破神像、破除迷信的歷史，因而對無知鄉人求神問卜等迷信行為十分痛恨。我的故鄉廣州有一項過年習俗，就是在初一那天不能掃地和晾衣服，說那樣會損失錢財和招惹是非，母親未能免俗，每年也都不讓傭人掃地和曬衣。我上了高小以後，認為這種習俗太荒謬可笑了，大年初一，不顧一切拿起掃帚就掃除地板，結果被母親大罵了一頓。從這件事看來，我少時的性格竟多少有點叛逆，起碼對傳統的叛逆。

另外一次是在高中畢業典禮上，我們是按次序輪流上臺去領取畢業文憑。算下來到了第十三號時，居然沒有人肯要這個號碼。少年氣盛的我，眼見同學們如此自私，於是，在一種基於義憤的心理下，毅然接下了這個衆人認爲不吉利的號碼，使畢業典禮得以順利進行。排第十三名就不吉利嗎？才不！畢業多年以來，我那班同學中，有人不幸病故；有人身陷鐵幕；有人婚姻不幸；只有我和另外一位同學來到臺灣，在這裏安享了四十一年安定的生活。十三，又於我何有哉？

那已是兩段遙遠的往事，隨著年齡日長，遭受不如意的機會總是難免；而由於世故的漸深，在潛意識中也開始有了些許的迷信和禁忌，懂得趨吉避凶。至於我那幸運數字的由來，也是積漸而生，並非一朝一夕形成的。

可能是這樣吧，自從我家的人口達到了六個以後，我開始對「六」這個數字有點喜愛。半打，好整齊的數字，有很多商品和食品都是以「六」來包裝的，像半打咖啡杯、半打鉛筆、一組茶具、一盒冷凍包子之類。買什麼東西回家都剛好可以分配一人一份，彷彿人家算準我們家裏有幾個人似的。

最妙的是有一年我買了一盆蘭草回來，我根本不知道它的名字，只因爲它綠油油的葉子頗爲美麗，就把它放在室內。到了那年的春節前，它突然冒出了六枝黃褐色的花。六枝吔！兒子們大叫起來。不錯，六枝，它不正好代表了我們一家六口嗎？從此，我對六字開始敏感起來。

後來我知道了那盆蘭草名叫報歲蘭，它眞的在每年春節前都準時開花，而且也一定是六枝。漸漸地，這盆報歲蘭一年年茁壯長大，花也越開越多；妙的是，花枝的數目也往往與我家增添人口——娶媳、生孫——的數目相符，我雖不迷信，對這盆報歲蘭也不免要另眼看待。

民國六十六年初，我們買下現在所住的公寓；不久，老三就結婚；那年年底，我們的第一個孫女出生。一年之內，三喜臨門，不禁心中暗樂：「六」果然是我的幸運數字，這一年，豈不是六六大順？

搬家的時候，我們當然把那盆報歲蘭帶著。那時，老大老二先後剛結婚不久，報歲蘭開花的數目是八枝。六十六年底，它綻放出十枝黃褐色美麗的花兒，我們也剛好一家十口。

由於四個兒子全都成家立業，這三年來，我家散居太平洋兩岸的三代人口數目已達到了十七人，說也奇怪，報歲蘭也跟著多開幾朵花。現在，春節還沒來到，我去數了一下。嘩！十四、十五、十六枝了，我知道它還會繼續冒出來的。

我絕不迷信，也從來不賭；不過，我眞的很喜歡「六」這個數目字，它代表了整齊、完滿，的確「六六大順」。而那盆相隨我家已超過二十年的報歲蘭，也可算是我們的吉祥物了。從一個反傳統、抗迷信的帶有叛逆性的少年變成今天的擁有幸運數字和吉祥物，連我自己也覺得不可思議。

也是一種生活藝術

勞碌命

也許眞的是天生勞碌命吧?好不容易擺脫了早九晚五的生涯，恢復了自由之身；然而，自律太嚴的我，仍然捨不得放鬆自己，我從來不會白白閒坐五分鐘以上，就算閒坐著，起碼我的腦子也在工作，在構思。

有感於生也有涯、光陰無價，所以我對於時間特別吝嗇，絕不容許浪費一分一秒。我規定自己每天必須做一件以上有建設性的工作，這包括了寫稿和進修。看報，只能算做半休閒，除了重要新聞外，副刊之類的版面，我都等到辦完每天的正事以後才慢慢享受。雖然已經脫離了上班族的行列，我可是每天都還在自己的書桌前「辦公」的。

在聽音樂時手中總是拿著一本書或者針線；在看電視時也會翻著報紙或打打毛線，我就是這樣一個絕對不肯放鬆自己的勞碌命。有人會爲我嘆息一句：「既然生也有涯，又何必自苦？」可是，積習難改，已經彎曲了的鐵線根本無法恢復原狀，也就只好一直勞碌下去了。

也是一種生活藝術

每年從十二月開始到翌年二月中旬，我家客廳的裝飾櫃上就會變得五光十色、多姿多采起來，因爲，那上面擺滿了海內外各地寄來的耶誕卡和賀年卡。收到這些卡片，我必定按照它們的色調、尺寸、種類，分門別類地陳列在櫃上。色彩鮮艷和色彩淡雅的分開，大型的和小型的也不相混淆，中式和西式的更是涇渭分明。在我的悉心調配後，所有的卡片彼此物以類聚、各有所屬，看起來十分和諧而又花團錦簇，像是滿眼繁花，使得我的客廳爲之生色不少。

在我的書橱和書架上，書本的排列，我也經過不少苦心。首先，當然是以書的種類作爲大原則，像工具書、國學、外文、翻譯、文藝、遊記、傳記等等，再來是分出版者和作者。這也罷了，偏偏我又要區分書脊的顏色和開本的大小，這在排列時就很傷腦筋。不過，我就是特別喜歡接受挑戰，越難的事我越愛做，而且樂而不疲。

因此，我的書橱和書架上的書本排列得十分整齊劃一，而且色調看來賞心悅目。有時，我覺得光是看看這些書陣，不但是一種視覺的享受，也是一種生活的藝術。

花木的垂枝

在所有的花木之中，我偏愛著那些有著柔軟垂枝的，像垂柳、紫藤、九重葛之類。當那些柔軟的垂枝以優美的弧度在風中搖曳時，我就會想到舞孃飄動的髮絲和纖細圓潤的玉臂。

挺拔的樹木像是一排站崗的兵士，有陽剛之美；而花木的垂枝則像在舞蹈，極盡柔婉之美。兩者陰陽調和，使得這個世界和諧而美妙，大自然眞是一位無可比擬的藝術大師，祂所創造出來的事物，都是美的極品。

晴冬

在這個南國的海島上，我最愛的天氣是晴朗的冬天。這裏夏季太長，太過炎熱；春天多雨；而秋天又多颱風。北臺灣的冬天雖然也很冷，但是只要有太陽，就會溫暖如春，因此，晴冬變成了我的最愛。

晴朗的冬日，天空似乎特別澄澈，特別蔚藍，藍得近乎透明。每當我驅車從橋上馳過，橋兩側一層又一層的遠山、河畔的綠樹、橋下的流水，在藍天和陽光的映照下，一切都透明得像羊脂玉，使我怡然，使我狂喜，恍疑置身在一幅淡淡的水彩畫中。

盼信

自從擺脫了辦公室生涯，退居家中，少與社會接觸之後，盼望郵差送信便成爲我每天的例行公事。每天午後，在衆人皆睡我獨醒的時候，我總是側耳聆聽著郵差派信的腳踏車聲。然後，我就懷著忐忑的心下樓去，打開大門後的信箱，看看有沒有我在等待的郵件。當然我最期盼的是海外的兒子們的家書、妹妹的來信以及朋友們的來鴻（現在很少了，誰還有閒工夫來寫信）；再來就是刊登自己作品的報紙和雜誌。至於一些我喜歡參加的團體活動的通知也是很歡迎的。要是信箱中塞有兩三封這幾種郵件，這一整天我都會覺得很興奮很充實。假使信箱中空無一物，我就會嗒然若喪，忽忽如有所失，忍不住暗暗嘆息「人皆有信，翳我獨無」。最氣人的是信箱中往往塞滿了商業廣告、選戰文宣之類的「垃圾郵件」，而裏面竟沒有一封是正式的信，那眞是令人火冒三丈。

盼信雖苦，不過它也給人以希望。今天盼不到，也許明天來；明天盼不到，也許後天會收到。人生總是有得有失，在得失之間，我們得以永遠生活在希望裏。

筆名的使用

無意中發現有人使用我的筆名發表文章，我去信查問，竟如石沉大海，毫無反應。朋友知道這件事的有兩種意見：有人認爲筆名人人可自由取用，無所謂仿冒；有人則認爲這是魚目混珠的行爲，居心不言可喩。

筆名是一個作者的註册商標，若已經被大衆認知，就應該得到相當程度的保障。我的筆名已經使用了三四十年，不是吹牛，大概可算得是老牌了吧？居然有人「雷同」，我不相信是巧合。

對法律我是門外漢，不知道在著作權之外，對筆名的使用有沒有任何規定？

人生現象的重現

人生現象的重現

未滿十歲的孫子近一兩年來忽然對世界地理發生很大的興趣，不是捧著地圖神遊五大洲，就是抱著百科全書細細研究各國的國旗。我訂購了一本八開的大型世界地圖册，原是作爲參考之用，現在變成了他的專用書。每次到我家裏來，二話不說，就在書橱中抽出這本厚重的輿圖，埋頭苦幹。

在這方面，我跟他是同好。我們祖孫二人經常一起捧著地圖，互相考對方的地理常識。別小看他只是個小學四年級的學生，又沒學過英文；但是，憑著小孩子驚人的記憶力和興趣，我往往輸給了他。

我們的遊戲是這樣的：攤開地圖，不准近看，只憑圖形說出國家的名字。要不然就考某一個國家與那些其他的國家接壤；或者某一個半島上有那些國家。更多的時候我們彼此考問國家首都的名字。

我以爲自己對世界地理懂得不少；然而，這個世界變化得太快了，不要說我對目前獨立國協國家的名字知道得有限，就算世界第二次大戰後紛紛獨立的國家（尤其是非洲的）的名稱也很難記住。書到用時方恨少，被孫子一考，我這才恍然大悟於自己的孤陋寡聞、無知、渺小。

和孫子之間的地理常識遊戲，使我想到三十年前跟兒子們的一些往事。他們兄弟四人在唸高小到初中（甚至大學）時，就犯了人之患，強迫我充當他們的學生。早期他們也喜歡考我首都、省會和歷史大事發生的時代之類，到後期（上大學以後）居然現買現賣的授我以第三國語文。還好我是個好學不倦，不耻下問的媽媽，對此一點也不嫌煩，還虛心地接受他們的惡補。老實說，我從這幾個小老師身上的確也學到了一些東西。

想不到，現在他們的兒子也挑上我當他的老學生，如法炮製。一切的一切都跟當年一樣，人生現象的重現，使我悚然而驚。是這個孫子遺傳了他的父親伯叔好爲人師的個性，還是我童心未泯，數十年如一日（說得不好聽是不長進），始終只有當老學生的分？

一本舊書

在箱子裏找到一本舊書，是民國二十四年上海出版的《古文評註》，不但紙張已經發黃，封面也被蠹魚蛀蝕得斑爛剝落，那副慘不忍睹的樣子，實在早應丟到廢紙堆裏，讓它還原成爲紙漿，再創新生命。

無奈，這本破書跟我有著不可分割的感情，它跟著我在抗戰八年中逃過一次又一次的難，然後又跟我渡海來臺壓在箱底度過四十三年不見天日的歲月。我和它是相依了大半輩子的人與物，又怎能把它丟棄？

這本《古文評註》是我唸小學六年級時國文老師特別要我們購買的輔導讀物。不管我們這羣小毛頭是否能夠領悟，他老先生硬是一節課教我們一篇比較短的古文，上自周秦，下至明清都教過，而且要我們背誦。在一知半解，囫圇吞棗之餘，竟也引起了我對文學的興趣。儘管同學們對這位老師感冒不已，而我卻潛沉在那些深奧的、艱澀的章句中自得其樂。到了暑假，還央求父親教我讀了很多篇。

這就是我爲什麼帶著它跑遍半個在戰亂中的中國的緣故。儘管我後來又買過很多其他版本的古文評註，但是我還是不忍丟棄它，我只是把它放在一個堆放一些已經沒有用途而又棄之可惜的老古董的木箱最下層。無可避免地，由於多年的沒有整理，它與其他的舊物都被蠹蟲嚙食得千瘡百孔。

這次我是因爲要找一樣別的東西而下決心去清理這個木箱的。我狠狠地丟掉了一些舊雜誌、畫片、紀念品，然後才發現這本舊書。啊！我的老朋友，久違了！我的文學啓蒙者，委屈你了！我捧起這本書，把灰塵拍掉，翻一翻裏面，我童稚的鉛筆字跡還依稀可辨。撫摩良久，我才依依地放下，用一個透明的塑膠套，把它珍重地套了進去，我還要它伴我走過這一生。

天倫篇

世界上還有比家更溫暖的地方嗎？

我是個「做孩子的朋友」的母親

雖然那已是二十年前的往事，但是，那一段歲月是那麼地甜蜜與溫馨，現在回想起來，還感覺到絲絲溫暖在心頭。

因爲那一段歲月是我和我那四個兒子相處得最融洽、關係也最密切的時期。在那個時期，我是他們的朋友，不是他們的媽媽。

也許有人認爲母子最親密的時期是在孩子的襁褓期，不錯，那個時期是形體上的接近，因爲孩子不會走路，必須靠母親懷抱，整天形影不離，幾乎是兩位一體。可是，當他們長大懂事以後，假使母子間還非常密切，那麼，這種精神上的接近實在比形體上的接近甜蜜得多。

母子最親密的時期

我跟我的兒子們最接近的時期就是在他們上高中到大學的幾年之中。

我的四個兒子的年齡，每人都相距一歲半，老大比老么大四年零七個月。老么上高一時，他是個大三的學生，老二大一，老三高二。這時，他們已離開頑童的階段，開始懂事，我們母子五人，因為興趣相投，彼此很談得來，就沒大沒小地打成一片，每天都有說不完的趣事，眞是說有多歡樂就有多歡樂。而一起欣賞我們共同喜愛的古典音樂，更是維繫我們母子感情的重要因素。

家裏有四個小男孩，在他們的幼年時期，那簡直就像一個戰場，天天都像在打仗。丈夫是個濫好人，對兒子疼惜得近乎溺愛；而我，一向是唱黑臉的，別人是「嚴父慈母」，我們則是「慈父嚴母」，管敎孩子的責任全部落在我身上。可是，他不懂兒童心理，雖然一味疼愛，卻始終跟孩子們談不來。我，大概是童心未泯的緣故，孩子們放學回家，總喜歡跟在我身後，把學校裏發生的事一五一十地告訴我。日子一久，他們老師說話的鄉音、同學們的綽號，我都瞭如指掌。慢慢地，他們還把學來的新知「傳授」給我。尤其是在臺大念外文的老大，他選擇的第二外國語是西班牙文，後來又修法文和德文，他知道我對語文有興趣，便以小老師自居，要我跟他一起學習。這孩子是有點語言天才，在四個兄弟中，只有他通曉父母家鄉的方言——閩南語和廣州話，學習外國語，他的發音也極正確。他曾經開玩笑地說西班牙語的「是」跟閩南語的「是」發音很接近，可算是歐洲的閩南語；法語鼻音濃重，很像福州話；聽來硬梆梆而尾音短促的德語則是歐洲的粤語，倒是相當貼切。我做了他的敎授的二手學生一個時期，算是學到了這幾國文字的一些單字和打招呼的用語，後來出國，遇到了這幾國人士，居然派上了用場。這眞是我跟兒子們做朋友，而且肯虛心受教、不恥下問的一大收穫。

學做孩子的朋友

那個時期電視臺才成立不久，我們買了一臺黑白電視機。每天晚上，一家人圍坐欣賞影集，一面看一面談笑風生，快樂無比。偶爾也看看電視劇，看到不合理的情節或拙劣的演技時，就冷嘲熱諷地嘻笑怒罵一番，這對電視臺完全沒有惡意，無非是我們母子自找開心。丈夫是個不大懂得開玩笑、也沒有甚麼幽默感的人，這時，他便完全插不上嘴，這也是他跟我們這個「母子集團」漸漸產生了疏離感的原因。

還有，他在興趣上跟我們母子完全不同。我們都喜愛小動物，而他卻認爲養小動物是無聊的行爲。在那段甜蜜的時期裏，我們養貓、養狗、養小鳥，我們給貓兒和每一隻小鳥都取了一個綽號，細心觀察牠們的習性和動作，引以爲樂，話題也更多。可憐的丈夫因爲對小動物沒有興趣，很討厭我們那種以動物保護者自居的行爲，慢慢地他更對孩子們的跟我無話不談感到有點吃味。

他曾經這樣問我：

「爲什麼他們什麼都告訴你，而不告訴我？」

我怎樣回答他呢？我能告訴他「要學做孩子的朋友」嗎？

當然，我跟孩子們的親密期也並非永無止境。到他們大學畢業，考上預官去服兵役之後，他們成年了，也換了一個環境，便不再是從前的那個孩子了。等到他們交了女朋友，我開始把他們拱手讓出；結了婚，自然就是媳婦的人，我這個老媽也就順理成章地功成身退。

我不太喜歡特別強調母親的偉大或者母愛的光輝。母愛是一種天性，每一個女人在做了母親之後，自自然然就會愛她的孩子，不但人類如此，鳥獸亦莫不皆然。所以，我也不認爲自己養大了四個兒子是一種犧牲和奉獻。他們今天都很成材，我也絕不認爲這是自己的教子有方。

他們幼小的時候，我採取的是集體教育（因爲他們年齡接近），賞罰分明；在相當嚴格的管教下，還好他們都成爲循規蹈矩的學生。等他們到了少年時代，我就摘下嚴母的面具，做他們的朋友。到他們成年以後，儘管母子之間的親密期已過，但是我們永遠還是朋友。遠在海外的，一個月通一兩次信；在國內的，一星期一起吃一次飯，當然是無話不談。朋友不就是如此嗎？

她是屬於我的

自從她來到人間這一刻開始，我就已經知道她是屬於我的。

我和她的父親是最早親眼看見她被護士從產房中抱出來的兩個，一看到她那雙一出娘胎就會滴溜溜地轉的大眼睛，一看到她那個在新生兒中罕見的相當挺直的小鼻子；我就覺得在寒冬的夜裏從被窩中爬起來，在寂靜的醫院長廊中枯候兩三小時的苦惱都是值得的，從今夜開始，我有了一個屬於我的「小美人兒」了。

說她是個「小美人兒」，那完全出自一種自我陶醉、當局者迷的情感。因爲當她長到一歲多以後，我們再翻看她襁褓時代的照片，這個小嬰兒雖然大眼小嘴、伶俐可愛，但是頂上無毛（只有稀疏的幾根黃毛），美中不足，不認識的人總以爲她是男孩子，又那有資格稱作「小美人兒」呢？

儘管如此，她還是我心目中的「小美人」、「小公主」、「小天使」、「寧馨兒」。對我這個愛「小」的人而言，多年沒有抱過小嬰兒，怎不把她珍同拱璧，當作掌上明珠呢？可惜我不能夠稱她爲「掌珠」，因爲她身體內奔流着的血液只有四分之一是屬於我的，她的爸爸若是生爲女兒身（當年我和丈夫就曾經爲了渴望女兒而戲稱此子爲「小姑娘」），那就是我的掌珠了。

不管她是我的「掌珠」或者是我兒子的掌珠，自從她來到這個世界上以後，我就愛她勝過任何人，也幾乎從來不曾那樣強烈地愛過任何人。說也奇怪，這個小娃兒在還沒有懂事以前就對我情有獨鍾。她哭鬧的時候，只要抱進我的懷裏，就會乖乖的入睡。在她出生三、四個月以前，因爲患了新生兒腸絞痛的毛病，幾乎每天晚上都會爲了腹痛而哭得聲嘶力竭，無法入睡；要是她的媽媽沒能把她哄睡，我就要自告奮勇來哄她。我把那小小的人兒豎起抱着，讓她的肚子緊貼在我的身上，以減輕她的痛楚，然後一面低低哼着從前爲兒子們唱的催眠曲，一面在房間裏來回走着；同時，一隻手更輕輕地拍着她的背。愛心和親情從我的身體和聲音中傳給她，於是，緩緩地，痛苦的嘶喊漸漸變成低泣，低泣漸漸變成無聲，小小的人兒終於進入了睡鄉。也許，我的臂膀會因爲抱她太久而酸痛，人也因爲折騰半夜而失眠；可是，我嘗到了一種新的喜悅，在自己的孩子都長成以後，我又有了一個屬於我的小人兒，我做了隔代的母親。

既然她是屬於我的，我在愛她之餘便不免有點霸道的要把自己所喜愛的一切都傳給她。當她還躺在搖籃裏的時候，全盤接受我日夜播放的古典音樂自然是無可避免的事實。等她長到四、五個月，我又天天抱着她去「欣賞」屋裏一幅幅的掛畫；到陽臺上去看花盆裏的花，指給她看電線桿上的麻雀。因此，「花花」和「鳥鳥」這兩個名詞，很可能是她在「爸爸」、「媽媽」、「爺爺」、「奶奶」等之後最先學會的。讓她接觸音樂、圖畫和大自然，這是我最早給予她的美的敎育。

小人兒在半歲以後就會盯着電視機看，八個多月就會看畫報上的圖片。於是，我這隔代母親就緊張兮兮的要買「嬰兒讀物」給她看。我們的兒童讀物本就夠貧乏，適合幼兒看的書尤其少，更遑論給嬰兒看的呢？我跑遍了無數書店，結果還是買回一些她爸爸兒時讀過的「醜小鴨」、「小鹿斑比」之類的外國童話。這些故事她當然是不懂的，不過，花花綠綠的圖畫，還是很受到她的喜愛。

家庭環境對兒童知識的學習是大有影響的。小人兒很快就學會了畫圖；在還不會寫字之前，就常常拿一張我的稿紙用筆在每一個格子中畫出一小團的「字」，說是在「寫稿」。現在，她已七歲了，是國小一年級的學生，已會寫很多漢字。她寫的字很端正，所做的功課總是得到「甲上好」的評語。她那一半用漢字，一半用注音的作文還被老師大大誇獎哩！

大概自從我買回第一本故事書給她開始，我便順理成章的得負責給這個小人兒講故事。我大多數是照書上編好的，用很有感情的聲調來說；或者從記憶中挖一些老掉了牙的故事講給她聽。可是，天長地久，我腦子裏記得的故事便不夠用，偏偏這個小人兒對聽故事非常熱心，而我這個會寫文章的人卻笨得不會編故事騙孩子。到了後來，她看見我抓耳搔腮的編不出來，就乾脆反過來由她說故事給我聽。既然自己說不出來，也就只好裝作對她那沒完沒了的童言童語有興趣，還不時的發問：「眞的嗎？」「後來怎樣了？」或者表示同情的說：「好可憐啊！」

可能就是由於我們這六年來的經常一起看故事，如今已進展到一同看一切有插圖的書了。她最喜歡看的是那些有着精美彩色挿圖的家庭婦女雜誌，和我一起對那些畫中人評頭論足，或者挑選髮型、時裝和居室佈置；她出語驚人，從電視上得來的知識，已使她成爲這方面的小小專家。如果在挑選時我和她意見相左，她會很識趣的問：「是不是這種比較適合你穿？」要是英雄之見略同，她更是高興得摟住我大叫：「我就知道你會選這種！」不是吹牛，在我的薰陶下，她的審美觀念已相當正確，而且也懂得甚麼是雅，甚麼是俗了。

有時，家裏的婦女雜誌看完了，而新的還沒來。她就把其他有挿圖的書一本一本搬出來要我陪她看。厚厚的英文百科全書、畫册、山水攝影、室內設計……她全都有興趣。有一次我們同看一本介紹世界各國古蹟的書，老實說，裏面的解說我有些看了還是不大懂，她提出的很多問題也就無法答覆，只好自認是個很笨的奶奶。

從她小時候我陪她看電視上的卡通片，到如今的依偎著一起看書，我們祖孫之間的天倫之樂似乎只屬於我們自己，實在不足爲外人道。

記得當年我上高中的時候，曾是個標準的影迷，每次去看電影，一定帶著我那還用不著買票的小妹妹作伴。兩個人擠一個座位上雖然不大舒服；可是兩個親愛的人在一起欣賞銀幕上的美妙鏡頭，一面又可噥噥唧唧地在談論或批評，豈不比一個人獨樂更有意思？兒子小時候我也經常帶他們上影院，但是這些傻小子並不能代替我當年和幼妹同遊之樂。如今可好了，吾家有孫女未長成卻已懂事，我又可重享與親愛之人一起欣賞電影而又一面噥噥唧唧地討論之樂了。

時光眞是具有神奇的力量，才不過幾年光景，就可以把一個只會哭、睡和吃奶的小人兒變成一個雛型的小女人。當年我們自我陶醉、把她稱爲「小美人兒」的娃娃，到了三四歲就懂得愛美。她偸搽她媽媽的面霜、面粉和口紅；自己挑選衣服鞋襪；頭髮留長了便不肯再剪短（她到了一歲以後便不再牛山濯濯，漸漸長出一頭柔軟光滑的髮絲）。如今，她是一個七足歲的小學生，雖然長得並不亭亭玉立；但是，只憑著一雙烏溜溜的大眼睛、一個挺直的鼻子以及一張玲瓏的小嘴，也相當俊俏，倒也無負於「小美人兒」的封號。

她四歲時，她的弟弟出生。愛「小」的我，曾經一度移情於新來的幼嬰。幸而她對我的依戀始終不渝，等到幼嬰漸漸長大成爲小頑童時，我又覺得還是女娃兒比較可愛。

吾家三代都是陽盛陰衰：丈夫那一代是四男一女；我們自己則是有兒無女；幸而，第三代終於有了這個可愛的小女娃兒，我又怎不把她視同稀世之珍呢？

自從她生下來我就知道她是屬於我的。果然，我們祖孫之間的情感隨着她的日漸懂事而更加濃郁。我們不但經常在一起看書、畫圖、玩遊戲、看電視；一家三代出門時她總是跟我走在一起；有時，她的父母要帶她上街她都不願意去，而寧願在家裏陪我。如此乖巧，又怎不令我加倍憐愛？

我眼巴巴的盼望她趕快長大一點，好跟我談談心中話、女兒經。可是，又怕她長大以後自有她的小天地，家中的老奶奶會在她心中失去原來的地位，不如永遠停留在童年算了。人心是多麼的矛盾！人生又是多麼的無奈！而我，又是多麼的貪求！

吾家有「女」初長成

她在廚房裏熟練地把土司麵包切塊、蘸蛋液，煎成法國土司，說要請同學來吃；她用一小塊牛仔布，釘上彩色花邊、裝上拉鍊，做了一個小錢包；她懂得探望病人時要帶一束花或半打鷄精；她媽媽不在家時，她會督促弟弟做功課和洗澡；小小年紀，卻儼然是一個小婦人。

她常常和我一起欣賞圖畫和書法；她要我教她刺繡和打毛線；她對詩詞開始發生興趣；她對前途已有了計畫的雛形，她說將來要考美術系。如今的她，已不再是個懵懂無知的小孩。

她的個子在同年齡的女孩子中是比較小的，可是看起來也有亭亭玉立的風韻；笑起來的時候，左頰的一個小酒渦也似乎越來越深。有時，我在路上遠遠看到穿著和她同樣校服的八、九歲小女孩，總以爲是她。然後又猛然想起，不，她早已長大，這不過是她三、四年前的影子吧！

她，是我的長孫女心湄，民國六十六年底出生的。當時，我陪著她的爸爸——我的兒子，在醫院裏等候媳婦生產，親自看她躺在嬰兒車上，從產房裏被推出來。幾天後，我又親自去接她們母女回家。這件往事，清晰如在目前，而她竟已長大成爲一個行將進入青春期的少女，又怎怪自己的白髮頻添？

心湄從出生到五歲，跟她父母和我們同住。五歲以後因爲有了弟弟，居住空間略嫌不夠，她父母才搬到對門去自立門戶，但是仍然天天可以見面，這是一種很理想的「三代同堂」方式，所以我們祖孫之間的關係特別密切。丈夫以及我公公那兩代都是陽盛陰衰，我們更是有四子而無女，好不容易盼到第三代一舉得女，我們對這個孫女的珍愛自是不待多言。

當然，這小女娃也長得特別可愛，一雙大眼睛的溜溜的彷彿會說話；小嘴巴笑起來會迷死人。一家四個大人都把她當掌上明珠似地捧著，差點沒把她寵壞。

而我更是稀奇巴拉地想向人炫耀這個寶貝孫女，在她八個月大時就爲她寫了一篇文章，還附了一張她的照片。現在再看這份剪報，小傢伙那時頭髮還少得很，樣子就像個男孩，實在不怎麼樣。不過，當她到了兩、三歲，頭髮留長以後，大家都說她是個小美人，倒是事實。

正因爲家中第一次有了女孩，我望女（我是把她當作女兒看待的）成鳳心切，兩歲時就開始向她下工夫栽培。我陪她一起畫圖，講故事給她聽，敎她讀唐詩，買圖畫書給她看。果然，「功不唐捐」，從她進幼稚園開始到現在小學快畢業，她的學業成績都十分優異，也是老師心目中的好學生。而其中尤以作文、美勞等科目是她的拿手。

在我的調教下，這小妮子很早就懂得什麼是眞、善、美，也知道分辨雅與俗。我們祖孫之間最大的樂事就是，兩人並肩坐在沙發上共同欣賞畫册、居家設計、服裝設計這一類的書籍，然後在每一頁不同的圖畫或設計中，挑選自己鍾情的一種。結果，十之八九我們都是英雄所見略同：於是，我們就會引爲知己而大笑。

上天還是很公道的，我們沒有女兒，祂就賜給我孫女（我們還有一個兩歲多的小孫女，住在美國，難得見一次面）。起初，我認爲我和孫女之間隔了一代，年齡相差半世紀，大概除了在她幼時可以抱抱玩玩之外，絕對無法享受到母女之間那種既連心又可以無所不談的樂趣。想不到現代的孩子早熟，這兩、三年來，她變得十分懂事，竟漸漸升級成爲我的女兒。

她特別喜愛作文，並熱中繪畫和女紅，使我從她身上看到了自己在小學高年級時的影子。她又是我最忠實的讀者，我出版過的三十幾種單行本，她起碼看過一半以上。她說她最喜歡看小說和散文，甚至想「和同學合寫一本書」。野心似乎不小，可惜她到現在還沒有發表過任何一篇文章，除了校刊以外。

儘管我們的愛好相似，但在個性上也有完全相異之點。我生性木訥，她卻很愛「蓋」，尤其喜歡找我當聽衆，一旦被她逮住，便得飽受疲勞轟炸，耳根沒法子清靜。她每一「開講」，就會滔滔不絕，口若懸河，一發不可收拾。從電影情節、同學遭遇、老師的小孩講到去年郊遊發生的事，鉅細靡遺、詳詳盡盡，而且像連珠炮似的絕無冷場，別人休想插進半句。

這時，我便只有求饒的份兒。我不知道她在班上是否也這樣能言善道，假如是的話，以她這樣雄辯滔滔的口才，將來應該可以當個舌戰羣雄的律師，或者是個折衝壇坫的外交家。不過，她目前的志願是想做設計家，因爲她的父親就是學工業設計的，也許她想繼承衣缽吧？

我們一家三代六口在周末或假日都會一起出去吃吃館子、逛逛百貨公司，或者到郊外走走。這時，她一定攬著我的臂膀，牽著我的手，一路上蓋個不停；吃飯時也一定要坐在我的旁邊，把我獨霸，視爲「禁臠」。也不知道是因爲我這個人猶有童心，還是真的跟她比較合得來，她總是把我當作傾訴的對象。

最近她長高了，跟我走在一起，兩人的身高所差無幾，她居然這樣對我說：「奶奶，我覺得跟你說話就像跟同學說話一樣，我真的把你當作朋友啊！」

這句話使我受寵若驚。我曾經做過四個兒子的朋友，想不到現在還能做孫女的朋友，足證我能夠跟得上時代，心境也一直保持年輕。

聽說有一些母親害怕女兒長大，也有嫉妒女兒青春美貌的。但是，我這個沒有女兒的母親，卻是巴不得自己的後代快點長大成人。固然，後代的成長象徵著自己的衰老，不過，這是一種自然的定律，又何懼之有？

我的孫女開始脫離她的童年，馬上進入國中，成爲一個亭亭玉立的少女，我開心都來不及哪！在她的成長期間，我希望自己能夠一直和她爲友，繼續做她的忠實聽衆，聽她傾訴。我相信以我豐富的人生經驗與還能跟得上時代的知識，對一個少女所最煩惱的生理、心理、交友、課業等切身問題，是有能力解答的。

克難新娘

婚前，準新娘在兩塊純白的緞子上用端正的小楷字親自繕寫結婚證書；結婚當天，新娘向她的閨中好友借了一件黑絲絨外套和一件花綢旗袍，作爲她的大禮服，襟上別上了婆婆送的一束茉莉花作爲唯一的裝飾，跟新郎一家去照了一張全家福；晚上，就在新郎家中宴請了一桌至親好友，在結婚證書上蓋了章，算是完成了兩人的終身大事。

這場簡單的克難式婚禮，是我在民國三十四年十月一日在陪都重慶和丈夫林翊重結婚的經過。形式誠然十分寒傖，意義卻十分隆重。因爲我和他初識於湘桂撤退前的桂林，邂逅於兵荒馬亂中的貴陽；然後在逃難到陪都的路上萌生出愛情的花朶。在渝的十個月交往中，早已論及婚嫁；只因國難方殷，我們都抱着匈奴未滅，何以家爲的想法，不願爲了兒女私情而影響到他的事業和我的學業。那時，他正艱辛地維持「宇宙風」月刊的出版；而我也因戰亂而與家人失散，並且輟學工作。如今，抗戰勝利了，前途驟現曙光，青春作伴好還鄉，他要陪我回廣州去找尋父母，也同時在廣州替「宇宙風」打天下；於是，就這樣決定了婚期。

我的父母不在身邊，但是我已達法定年齡，就斗膽地私刻了一個我父親的圖章蓋在主婚人的名字下。而我們的證婚人就是如今仍然健在、赫赫有名的作家巴金先生。他是先翁憾廬先生的摯友（我們結婚時，先翁已去世兩三年，我跟他老人家始終緣慳一面），婆婆請他來爲我們證婚，可說是恰當不過的人選。有了這樣一位德高望重的證婚人，自是更增加了我們寒傖婚禮的隆重性。

事實上，十月一日只能算是我們婚宴的日子；十月十日才是正式的婚期。那天婚宴過後，他送我回到我的公家宿舍去，因爲我們已計劃南下復員，所以並沒有準備愛巢。直至國慶日那天在重慶南岸海棠溪登上了南下的公路車，才開始我們的蜜月之旅。也因此，四十五年來我們都以國慶日作爲我們的結婚紀念日，取其家國雙慶之意。

在廣州，我輾轉找到了我的父母。雙親不但沒有因爲我擅自結婚而怪責我，反而以他們的新姑爺是名門之後而大表歡迎。何況，我們家是五女二男（我是長女）的局面，一向陰盛陽衰，我爲他們帶來一個半子，自是求之不得。

長子元於婚後第二年冬天出生。這時的《宇宙風》在我們夫妻以及社中同仁的胼手胝足共同努力下，業務欣欣向榮，我一則因身爲人母，二則對辦雜誌有相當濃厚興趣，已把學業置於腦後，一心要作「社會青年」。可惜好景不長，一年半之後次子中出世時，時局開始丕變，金圓券貶值有如山倒，收回的書款形同廢紙，我們想當「出版家」的美夢也頓時成空。《宇宙風》就此停了刊。

卅八年來到臺北。卅九年三子立來臨，四十年夏又一個小壯丁——么兒平報到，一家六口，生活的擔子相當沈重。我在桂林時就是因爲投稿給《宇宙風》而認識翊重的，這時，在奶瓶尿布的紛擾中重新拾筆，辛勤地在方格子上耕耘，靠着微薄的稿費，加上兩個人在報社工作僅是溫飽的待遇，經過二十年的艱苦奮鬪、克勤克儉，居然也把四個壯丁栽培成材。用「成材」來形容自己的兒子，似乎不夠謙虛；可是，要是只用「成人」兩字，又未免抹殺他們的小小成就。我家的四壯丁，在十幾二十年前的留美潮流中，老大、老二、老么先後負笈太平洋彼岸。老二的學歷最高，是博士後研究；老大、老么也獲得了碩士學位。老三雖然爲了侍奉雙親而沒有出國留學，今天也是企業界的總字級人物，總算各有所成，不負雙親的期望。

我在二十年前即已成婆，十三年前晉級祖母。如今，四子都早已成家，我們家由小倆口變成了十七口——四子、四媳、七個孫兒女；十七人中有十一人分住在美國三個不同的城市，在臺北的只有老三一家和我們二老。

四十五年的流水帳終於記完，看流水帳也許令人乏味，但是不如此則無以交代這些年來的陳跡往事。流光飛逝實在驚人，我記得在結婚二十週年時寫過一篇「相家二十年」，五年前寫過「四十顆紅寶石」；想不到，第四十五個週年藍寶石婚又已成過去。

近十年來，我們家已進入所謂「空巢期」，兩人過着簡樸的生活，相依爲命，日子雖然寂寞，卻也怡然自樂。我們都不事浮華、不擅交際，最難得的是我們都喜愛清淡的口味，爲了健康而趨向於茹素，這使得我這個廚房中的拙婦不必爲了兩個人口味不同而大傷腦筋。

我們相識於桂林，結合於重慶，成家於廣州，到了臺北而綠葉成蔭，把這幾個城名連結起來，似乎可以讀到了一頁中國的近代史；而我也正是一個沒戴過新娘紗的勝利後的克難新娘。

懷舊篇

個人的歲月軌跡，將來都是歷史的印證。

八年離亂

中國的梨子好吃嗎？

日本的小學教師把幾個我國山東萊陽的梨子分給班上的小學生吃。等他們吃完以後，就問：「小朋友，好吃不好吃？」「好吃！」小朋友們齊聲回答。「你們要是愛吃中國的梨子，長大了去打中國，把中國佔領，就天天可以吃到好吃的梨子了。」老師這樣告訴他的學生。

這是我剛進小學時常常聽老師說的一個小故事，對世事和國事尙懵然無知的我，在心目中就對東鄰日本描繪出一副猙獰醜惡的嘴臉。

睡獅・秋海棠葉

我們中國人是一頭睡獅，是一盤散沙，只有五分鐘熱度。中華民國的版圖像是一片美麗的秋海棠葉，而環伺我們的列強，卻是虎視眈眈，千方百計想瓜分中國，想蠶食這片秋海棠葉。所以，睡獅必須醒來怒吼，散沙必須團結，愛國心必須持久，中國的前途才有希望。

這是我小時候所受到的思想訓練以及愛國情操的灌輸，數十年來，無時或忘。然而啊！半個世紀以來，這個睡獅容或已醒，散沙卻是依然，秋海棠葉更是徹底變色，而當日的兒童也早已白頭了。

九一八！九一八！

那一年，我上小學三年級。

有一天，級任老師發給全班小朋友每人一塊黑紗，叫我們纏在左臂的袖子上。老師很悲痛地對我們說：「日本鬼子已經把我們的東三省佔據了，中華民國的國土已不完整。九一八是我們的國恥日，所以全國同胞都要戴黑紗來表示哀悼。」

在我們幼稚的心靈中，戴黑紗的意義也許並不怎麼明瞭；但是，國土被侵略的事實卻是可以理解的。聽了老師的話，我感覺到愛國的熱血在心胸中沸騰著，也是有生以來第一次感覺到國家實質的存在。

然後，我記得：抵制日貨這實際的行動，馬上在全國各地風起雲湧；而「打倒日本帝國主義」這個口號，也到處響徹雲霄。

第一次逃難

我安定而幸福的童年美夢，是被盧溝橋的炮聲震破的。在我模糊的記憶中：失學、躲警報、燈火管制、人心惶惶、百業停頓，就是我的家鄉廣州那個時候留給我的印象。戰爭越來越逼近，人們開始四處逃亡。父母親帶著我們七個大大小小無知的孩子，在一個黑夜裏狼狽不堪地擠上一條開往香港的輪船，從此，展開了八年離亂的流亡生活。

人間地獄

珍珠港事變，又再度破壞我們在香港平靜的歲月。香港彈丸之地，而戰爭又來得太突然，不論是英國政府和老百姓全都措手不及。我親眼看見那些英國少爺兵一面大口嚼著巧克力糖以增加熱量，一面躲在巷口臨時搭成的戰壕裏面色蒼白地發抖。

而在敵機不分晝夜盲目的轟炸下，一般老百姓更是驚惶得像喪家之犬。香港根本沒有防空洞，我記得父親帶著一家老小從家裏跑到辦公大樓，又從辦公大樓跑到親戚的家，誰說那裏安全就跑到那裏，其實是到處都不安全。日夜，日本零式的重型轟炸機在頭上隆隆而過，炸彈在四周呼嘯，爆炸聲處處可聞，眞是把人嚇得心膽俱裂。戰後多年，我一聽到飛機聲猶覺害怕，戰爭的後遺症眞是無窮無盡。

香港淪陷後的日子比空襲更恐怖。日軍姦淫擄掠的獸行是舉世皆知的，他們在香港到處搜尋「花姑娘」，更是使得從六歲到六十歲的香港女性爲之喪膽。家中有年輕女性的，個個都用鍋底黑灰把臉塗黑，躲了起來。其實，這樣做又有何用？沒有被抓到是幸運，抓到了還是死路一條。

夜半的「鑼聲」也是淪陷後的香港的另一種恐怖。香港治安本來就不好，遇到戰亂，更是盜賊如毛。爲了發揮鄰里守望相助的精神，嚇阻小偸，家家戶戶都準備好銅臉盆和鐵鍋鐵鑊之類，要是深夜裏有小偸進屋，就把臉盆或鍋子敲響示警。往往，好夢正酣時，嘭嘭嘭的鑼聲大作，就把人嚇得魂飛魄散。有時，甚至一夕數驚，使人徹夜無眠。

淪陷後的香港，簡直是人間地獄！

流浪！逃亡！

人間地獄實在待不下去，爲了追尋自由，父親又挈家帶眷的，從澳門而廣東，問關到了廣西的桂林。誰知，在桂林「享受」了不到兩年安家的大後方生活，湘桂之戰又起，我們又得開始逃亡。眞的是「流浪！逃亡！逃亡！流浪！逃亡到哪年？流浪到何方？」那種悽悽遑遑的悲涼況味，若非身歷其境，實在無法體會出來。

這一次，我們從桂林徒步走了兩天的山路到柳州，又從柳州搭乘火車到金城江。這些火車本來已經十分破舊，加以成千上萬的難民擠滿了車頂、坐在行李上、掛在車廂門外，甚至還有平躺在擱放於車底的木板上的，由於超載，時走時停，有如牛步；而日軍卻在後窮追，每個人心頭那份悲憤與驚恐，眞非筆墨所能形容。

那時是秋末冬初，黔桂邊境多雨，金城江這個小鎭，本來就是滿地泥濘，忽然間湧來這麼多的難民，當地衞生條件固然不佳，一般人的公德心更是欠缺，因而在金城江的泥濘中遍地都是「黃金」，稍不小心，卽有中彩之虞。事隔四十多年，現在想起來還覺得噁心。戰爭時期生活之苦，眞不是人過的。

重慶精神．最後勝利

一隊又一隊的難民，靠著步行和搭乘柴油老爺車，從金城江而獨山而貴陽，大家懷著朝聖的虔敬心情，終於間關千里來到陪都重慶，這時已是民國三十四年元月。

經過了七年的長期遠征，日寇泥足深陷，日暮途窮，已無力空襲重慶，而我也總算脫離顚沛流離之苦，得以享受了大半年大後方安定的生活。那個時期的重慶，男的穿黑（灰）布中山裝，女的穿藍色陰丹士林布旗袍，坐茶館擺龍門陣，喝用黃豆磨成的咖啡；唱愛國歌曲，看街頭話劇。因爲大家心中都存著必勝的信念，苦中作樂，日子倒也過得相當愉快。

八年的浴血抗戰雖然付出了極其慘重的代價，但是，我們畢竟挺下去，而且勝利了。我相信，那是重慶精神感召了全國的軍民。重慶精神，正如重慶市區中心所矗立著的那座精神堡壘一樣，是抗日精神的象徵，也是全民心靈的寄託。萬衆一心，衆志成城，所以，我們終於得到了最後的勝利，日本於卅四年八月十五日正式無條件投降。

今天，我們又在對付另一個敵人。可是，我們的臺北精神在那裏呢？

那一年的暑假

離開學校幾十年了，不知道爲甚麼，儘管學生時代的許多往事都已如過眼雲煙，忘得一乾二淨，可是那一年暑假裏的種種切切，卻仍然依稀在目。

那一年，我念完初中一年級；那一年，父親當了一名不大不小的官員，家境興旺，生活優渥。也許，由於這些環境的因素，使得正在急促成長中的我得以全心全意去沉潛書海，尋求自我吧？

我本來就是個書迷，自從上了小學五年級和六年級，先後受到兩位國文老師灌輸新文學和古典文學的知識，喜愛文藝的心開始萌芽，便不分晝夜地埋頭在書本裏。我大量地呑噬各種小說：章回歷史小說、五四以來的新文藝小說、翻譯的世界名著等等都看，甚至鴛鴦蝴蝶派的言情小說也不放過。我記得蘇曼殊的「斷鴻零雁記」就是那個時候看的。淒美的故事，在生花妙筆的描繪下，直看得我涕淚漣漣。

我對詩詞也從這時開始發生興趣。一本「唐詩三百首」、一本「白香詞譜」，雖然還不到背得滾瓜爛熟的程度，起碼我日日跟它的親炙，當時的確可以背誦很多首，那對我後來的國文程度，以至更後來的從事文藝工作，都有很大的幫助。

俗語說「熟讀唐詩三百首，不會作詩也會吟」，詩讀多了，想不到小小年紀的我，竟也技癢起來，想依樣畫葫蘆一番。就在那年夏天，我寫出了我的第一首五言絕句。接著，靈感源源不絕，在整個暑假裏，我還創作了好幾首七絕、五律和七律。我歌頌大自然，咏花，咏物，也言志。當然，那些都是幼稚不堪的打油詩，然而我敝帚自珍，還煞有介事地把它們用毛筆抄在宣紙上，裝釘起來。不過，我也有自知之明，我把我的「作品」偷偷藏起來，從不示人，連父母也不讓他們知道。

也是由於六年級國文老師的敎過我們一些古文，雖然只是一知半解，但是在我的思想中種下了一點老莊哲學的皮毛和田園之思。那時候的我，就已嚮往隱者的生涯，希望長大後像陶淵明那樣「採菊東籬下，悠然見南山」。我家住在西式樓房的三樓，四周都是別人的房舍，既沒有庭園，也看不到南山，還好屋頂是一片寬廣的曬臺，我就把我的田園之思在那裏實踐。

我們住的是連棟公寓，每一棟的屋頂都有曬臺，曬臺之間只有矮矮的圍牆隔開，一向都是所有住戶的孩童遊玩的天地。每天黃昏時分，孩子們就在這上面放風箏，滾鐵環，拍皮球，跳飛機，踢毽子，捉迷藏……，歡笑聲不絕於耳，眞是一處理想的兒童樂園。當然，我也跟弟弟妹妹和鄰居的小朋友玩在一起。不過，我卻另有「風雅」的一面。我在圍牆下種了幾盆花，居然都長得很茂盛。我只記得其中一盆是茉莉花，潔白的小花，吐出縷縷幽香，惹人憐愛。第一次種花，就有這樣的成績，我自己不禁得意非凡。

這就是我在那一年暑假裏的生活。我瘋狂地看小說，讀詩讀詞，也偷偷寫詩，我漸漸脫離童騃無知的歲月，沈睡的靈魂開始甦醒。我想，跨出童年的第一步，也許正是使我對這個暑假至今難忘的原因吧？

不幸，第二年的暑假，就遇到「盧溝橋事變」發生，從此以後，我們跟著父母到處顛沛流離，根本沒有過一次安定的暑假，怪不得我對那年的暑假印象特別深刻了。

一段深情往事

「亂世佳人」的巨幅海報高高掛在電影院的正門上，綺年玉貌的費雯麗和騷鬍子克拉克蓋博兩位大明星正含情默默地凝視著對方。影院門口人山人海，萬頭攢動，在等候進場。《飄》這部美國著名小說的中譯本，我剛剛看過。它那動人的故事，深深地感動了我們這些豆蔻年華的東方少女，我和我的同學都爲之著迷。如今，這部小說改編的電影要上映了，我又怎能錯過？於是，我要求也是影迷的父親帶我和妹妹去看。他答應了，約好了在週末下午第一場上映前在影院門口會面。

那已是半個世紀以前的事，地點是太平洋戰事爆發前一年的香港。那天，我和妹妹站在電影院門前人叢的邊緣等候父親。起初是興奮，但是隨著上映時間的漸漸逼近，開始變得緊張和焦急。還好父親終於在上映前一分鐘趕到，於是我和妹妹一人一邊牽著父親的手，把他拉向影院。然而，父親卻不接受我們的擺佈，他說：「我還有事不能陪你們去看。喏，這兩張門票交給你們，你們自己進去看，散場了就趕快回家啊！」說著，拍拍我們姊妹的肩膀，就逕自離去。

父親不陪我們進去看，我們固然有點失望，不過，進場以後，由於影片的吸引力，我們馬上就把父親忘記，而全神貫注在電影的情節裏。散場後回家，也因爲只顧和妹妹討論劇情，沒有問父親爲甚麼不看這麼好的一部片子。記得父親在我很小的時候，就常常帶我們去看電影，他似乎特別喜歡喜劇。像卓別林、羅萊、哈地等諸星，都是他的最愛。我們姊妹所以變成影迷，也都是因爲受了他的影響。這一次他爲甚麼會一改常態呢？我們那個時候還太年幼，又怎會去深究？

等到自己進入中年，經歷了人生的滄桑以後，午夜夢廻，驀然回首，偶然想起父親當年不陪我看電影的往事，這才了解到父親的一番苦心。那時的香港，正値世界第二次大戰期間，經濟很不景氣，社會也動盪不安。我們一家九口，食指浩繁，父親要維持這個家，當然十分吃力。女兒要看電影，慈父雖然沒有否決，不過，一張頭等戲院的票價並不便宜，何況「亂世佳人」片子特別長，一定加價，三個人去看一場，可能就影響到正常的家用了。父親爲了不使我和妹妹失望，爲我們買了票，自己卻「臨陣退縮」，騙說有事，好省下一張票價，這是何等煞費苦心的安排。怪只怪自己當時年少，不懂得善體親心吧！

數十年過去了，自己早爲人母，但是每次想到父親當年這件往事，還是覺得惶惑不安。這就是天下父母心，爲人子女者又有幾個懂得？父親去世二十多年了，這段深情往事，至今我仍然永誌心頭。

勇敢還是怯懦？

有時，我覺得自己眞是一個性格相當矛盾的人，甚至懷疑自己是不是具有雙重人格。因爲，大多數時候的我非常膽怯而懦弱；偶然，又會表現得異常勇敢，一副大無畏的樣子。

小學六年級的時候，有一次學校舉行同樂晚會，我居然在散會後的深夜十一、十二點獨自步行回家，一點也不感到恐懼。同一個時期，我跟其他幾個同學被校方推選出去參加全市小學高年級生的三民主義作文比賽，比賽前幾天，老師要我們幾個每天聚在另一間小教室裏加油作準備。我第一次推開那間小敎室的門，發現裏面全是男生，嚇得退了出來，回家就哀求母親到學校跟老師說不要讓我參加比賽。這又是莫名其妙的膽怯了。

平常，我是個膽小鬼，怕蛇、怕老鼠、怕蟑螂、怕黑、怕鬼、怕……可是，在抗戰初期，日機轟炸家鄉時，有一個晚上，我們全家人以及一些鄰居都坐在樓下房東的客廳裏躲警報，我只因爲不耐煩跟那麼多的陌生人一起坐在黑暗裏，就不顧一切的獨自奔回三樓漆黑的家裏，忘記了這時正在燈火管制而點燃了一根蠟燭。還好，父親跟著也上樓來把蠟燭熄滅，並且敎訓了我幾句，並沒有因此而惹起軒然大禍。當然，這種行爲已不屬勇敢不勇敢的問題，而是膽大妄爲了。奇怪的是，那個時候我爲什麼又不怕黑呢？

不久之後，我們全家避難香江。在家鄉廣州還沒有淪陷前，父親問我要不要回去繼續上學，他的一位好友願意讓我住在他的家裏，他的太太可以照顧我。這時，我膽怯的個性便出現了，要我一個人離家去住在別人家裏，我是死也不願意的，當然一口就拒絕了。

四年之後，香港也淪於日軍之手，我好些同學都紛紛離家到內地去復學。我對神聖的大後方固然極爲嚮往，可是又怎樣也提不起獨自離家的勇氣。我怨恨自己不該生爲長女，要是有個哥哥或姊姊帶著我，我一定會不顧一切地奔向自由的。其實，這只是由於自己的怯懦而已。

剛到香港時我還是一個初中的學生，那時的香港警察都是十足的異族走狗，對老百姓作威作福，不可一世，那種囂張的態度和無恥的漢奸嘴臉，看得我義憤塡膺，目眦欲裂。可是，我不過是一個稚齡弱女，又能怎麼樣呢？只能恨在心裏，回家把那些走狗狠狠咒罵一番，把香港稱爲「臭港」，聊以洩憤罷了！這不能算是勇敢，也許只是一種唐·吉訶德的精神吧？

香港淪陷後，我們一家人逃到澳門去避難，後來又從澳門進入廣東的自由區。從澳門進入廣東的自由區，必須先經過一部分淪陷區。因此，我們一步出澳門的關閘，踏在中山縣的土地上時，就碰上了在路旁站崗的日本兵，而且規定我們中國老百姓必須向他們鞠躬敬禮。這可把我氣極了。堂堂大國之民，怎可以向敵兵行禮？這些行同禽獸的、有不共戴天之仇的敵人，我是恨不得手刃他們而後快的啊！然而，我不但手無寸鐵，而且是處在他們的淫威之下，豈不是只好忍氣吞聲？我們可是要保留寶貴的性命將來爲國家之用的，怎可以小不忍而亂大謀？當時那種敢怒而不敢言、打掉大牙和血吞的痛苦與怨恨，到今天可說歷數十年未能忘懷。當時，眞可說是勇在心頭而怯於行動了。

民國卅三年，桂黔邊境告急時，我在一種身不由己的情況下，一個人逃到貴陽。就在到達的第一天，當我一個人在完全陌生的街頭踽踽獨行時，忽然警笛長鳴，發出空襲警報，我雜在人羣中跑到防空洞中躲避空襲，居然一點也不害怕，眞不知道是那裏借來的勇氣。

二十年後，我在臺灣獨自搭乘輪船到香港省視雙親，在海上遇到颱風，風浪相當的大，驚險萬狀，我好像也並沒有太驚慌。要是換了今天，我也許會嚇昏了。畢竟，那個時候比現在要年輕二十多歲。

十幾年前的「萬里長征」，從臺北單獨飛到紐約，現在想起來也覺得相當勇敢。儘管自從那次以後我已有多次出國經驗；但是都有人作伴。要我獨自坐十幾二十小時的飛機到一個陌生的國度去，也是要經過考慮的。

由於個人工作性質的關係，過去二十年，我經常都在異性圈中工作。上班的時候無所謂，中午休息時便無人作伴，嚐盡孤獨的況味。還好我已經習慣了「千山我獨行」，無論到那裏去，或者做什麼事，我都是單刀赴會，像一名獨行俠，這也算是一種勇敢吧？

我原是「相對論」的信徒，不相信世界上有絕對的事。所以，勇敢的人必有怯懦的時候，怯懦的人有時也會變得勇敢。那麼，我的有時勇不可當，有時又怯懦得像一隻小老鼠，也就不足爲奇了。

當年勇

我不是好漢，這段當年勇提起來有點令人臉紅。

但是，我還是把它提了出來；沒有那股勇氣，也許我就不是今天的我。

一般，只知道一家人陪孩子去考試很常見；丈夫帶着孩子陪太太去考試，大概是相當希罕的一回事吧？

我，應該算是個膽怯的人；但是，在年輕時也曾經有過一股傻勁和一股銳氣，不顧一切地往前衝。

那年，我已經三十歲了，說年輕也不算太年輕，何況還拖着四個從一歲到六歲的兒子。受了多子之累，有時還覺得自己已經很「老」。

那個時候的臺灣，物資仍很貧乏，還處在未開發國家的階段，大家的生活都很苦。丈夫所服務的報社，由於經營不善，長期欠薪，到後來更演變爲一年裏頭只在春節、端午和中秋三節發一點錢意思意思。沒有任何支援的我們，早已到了山窮水盡的地步，猪油、醬油拌飯雖然很美味，可是孩子們的營養要緊，我總不能要他們天天這樣吃吧？

總得要想點辦法才行。賣文，是我偶一爲之的求生手段，也是我唯一的一把刷子。不過，那個時候園地不多，我又只是個無名小卒，投稿並非十拿九穩，就算登出來了，稿費也低得可憐，杯水車薪，無濟於事。

我們從大陸的家鄉帶來了一部手搖的縫級機，我常常利用它來替孩子們做一些小衣服。我是不是可以做些童裝來賣呢？我曾經這樣想過。但是，用手來搖，一天能做幾件？做了又用什麼方式來出售？我是個士大夫階級觀念相當重的人，臉皮又薄，擺地攤是絕不肯爲的。

當然也常常想到要找一份工作，只是，我們沒有任何社會關係，又要到那裏去找呢？然後，終於有一線希望出現了。中央信託局在報上公開招考英文文書，我居然符合了報考的條件，就憑着那股傻勁和銳氣去報了名，很幸運的又通過了初選。

於是，丈夫兒子一同陪考的一幕上演了。我傻呼呼地毫無準備的在他們的簇擁下到了考場（好像是一女中，不太記得了），傻呼呼地雜在一羣二十來歲的年輕人中應考。丈夫也似乎對我挺有信心，還對孩子們說陪媽媽來考狀元哩！

想起來那時的自己眞是不自量力，以爲一個會翻譯點英文文學作品，會用一隻手指打字的人就可以勝任英文文書工作，那眞是大錯特錯。首先，商業英文就把我打垮，一個個商業上、經濟上、金融上的專有名詞都使我傻了眼。等到坐在打字機前，聽着別人嘀嘀嗒嗒地以飛快的速度打稿子，而自己卻只能笨拙地用一隻手指慢慢地打時，就恨不得鑽到地洞裏去。

這一次不自量力的結果，當然是名落孫山。可是，我還不氣餒，也不羞慚。「這不是我的本行。」我這樣安慰自己。

勇氣可嘉的是，不久之後，我又重作馮婦，再一次投入考場。

這一次是中國廣播公司招考編輯，我報了名，初選也合了格。我不要我的家人陪考，單刀赴會，認爲這樣會比較專心。

招考編輯，考的當然是語文和新聞。國文方面是沒有問題的；英文方面則完全是新聞上的問題，筆試還好，到了口試，我就應付不來了。結果當然又是鎩羽而歸。

兩次敗北，自然有點傷感，可是我並沒有因此而喪失信心。「商業英文固然不是我的本行，新聞也跟我的所學距離太遠啊！」我依然不服輸，依然雄心勃勃，想再度衝刺。

也許，失敗眞的是成功之母；也許，有志者眞的會事竟成吧？就在那年的年底，一家民營的廣播電臺又公開招考編輯，而且限三十歲以上，這使我首先不必爲年齡而自卑。前兩次，應考的都是初出校門的青年男女，我，一個拖着四個孩子的家庭主婦，怎能跟他們相比？這次，我應該是投考的人中最年輕的了吧？

報了名，考試通知很快就寄到。那是一家規模很小的廣播電臺，應考的人不多，試題也出奇的容易。我不記得國文考的是什麼，卻記得英文試題是翻譯一小段相當淺易的英文，另外還考了一些音樂上的專有名詞。這些都難不倒我，很順利的就交了卷。

經過了兩次的失敗，這次終於碰上了幸運之神，我果然憑自己的實力找到了工作，電臺很快就通知我去上班。

這又使我遇到難題了，家裏有四個幼兒，叫我怎能丟下他們去上班？還好那個時候女傭很易僱，我到好友簡家裏一打聽，剛好她家的阿巴桑有個女兒想替人幫傭，眞是湊巧之至！於是，阿巴桑那位有着一個美麗名字——芙蓉——的女兒，第二天就來接管我的家務，而我也得以恢復我原來的職業婦女生涯，一直到今天。

以一個三十歲而拖着四個幼兒的家庭主婦，卻妄想去跟一羣大學剛畢業的年輕人競爭飯碗，要是沒有一股傻勁和愚勇，是不大可能的。這段人生小揷曲，我始終沒有向任何人透露過，並非因爲自己兩次報考失敗感到沒有面子，實在覺得這件事似乎只是過眼雲烟，不值得再提。

但是，今天回憶起來，卻覺得它也有着相當的重要性。正因爲我有傻勁和愚勇，才能夠鍥而不捨、再接再厲的往前衝，而不致在崎嶇的人生道上倒下來。假使當年我甘心接受命運的擺佈，不去掙扎，不去奮鬪，說不定幾年過後，年歲漸長，更沒有辦法找工作，漸漸也就變成一個平庸的「煮」婦了。

有了工作以後，生活漸漸改善，也漸漸有了餘暇去舞文弄墨，也因此而影響了我以後的人生。今天，我是個資深的文藝工作者，四個兒子也都各有所成。我不怕讀者們笑話，把當年這件糗事抖出來，無非想給一些和我當年境遇相似的家庭主婦們一個借鏡。路是人走出來的，一個人只要對自己不失去信心，肯努力，做什麼事都會成功的。

「好漢不提當年勇」，我不是好漢，這段當年勇提起來也有點令人臉紅。但是，我還是把它提了出來，沒有那股勇氣，也許我就不是今天的我了。

初生之犢

青春年少時的我是個勇氣十足、銳不可當的人，做什麼事都一往直前，從來不加考慮，正是所謂的初生之犢。二十歲那一年，我以一個暫時失學的大學生，從來不曾有過工作經驗，又沒有接受過師資訓練，居然貿貿然答應去誤人子弟，而且還一點惶恐的心情都沒有。現在想起來，那簡直是不可思議的奇蹟。

那一年，是太平洋戰事發生後的第二年，父親帶領着一家九口，惶惶然如喪家之犬，從香港逃難到澳門，暫且棲身。父親失業而又得了腳氣病，我們姊妹兄弟通通失學，一家人嗷嗷待哺，如困愁城。父母親心情之沉重，可想而知。

在這之前，我是一個茶來伸手、飯來張口的大小姐，有父母供養，養尊處優，除了埋頭書本，對世間的困厄完全不懂，更不曾用自己的勞力賺過一分錢。香港淪陷後，開始嘗到戰爭的恐怖與痛苦；在缺糧的日子裏，親眼看見父親如何歷盡艱辛買回一小袋白米或者一罐美軍的醃肉而喜不自勝。來到澳門，由於父親生病、母親要照料幼小的弟妹，我和二妹兩人還得經常摸黑起床，去排隊購買配給的食米和土司麵包。

逃難而無家可歸，前路茫茫的日子一定很可怕。但是，那個時候的我雖已識愁滋味卻還是混沌未開，坐困愁城之中卻仍然常常和妹妹們玩給紙娃娃換衣服的遊戲作爲消遣，也常因此而被母親譏爲長不大。

父親雖然有病在身，有時也會外出看看朋友，準備隨時東山再起。有一天，他從外面回來，對我說：「阿珊啊！你孔伯伯的漢文學校有一位女老師請產假，要找代課老師，孔伯伯要你去代一個學期，好嗎？」

這時，我正在替紙娃娃畫一件漂亮的晚禮服，妹妹們團團圍着我，熱切地等候新衣完成。她們聽了父親的話，個個都睜大了眼睛，把視線從紙衣投到我的臉上。我知道，在她們的眼神中，一定有着驚訝、期待而又帶點崇拜。這個跟我們一起玩紙娃娃的大姊將要當老師？她會答應嗎？這麼小就當老師，好了不起啊！

在父母親和弟弟妹妹們熱切的期待中，我沒有經過考慮「自己的能力是否足夠」，也沒有問明敎的是什麼科目、那些年級、待遇如何，就毫不猶豫地答應了父親。當時，我只知道我是長女，在父親失業時，應該代他出去工作，如此而已。

當然，那也是因爲自己年輕有衝勁之故。在那種年紀裏，根本不知天高地厚，以爲憑我一個大學生，小學的課程又怎會難倒我？那股銳氣，那種豪情，眞叫現在的我吃驚。

就這樣，開始了我有生以來第一次的小老師生涯，也是我這一輩子的第一件差事。

孔伯伯是父親的拜把兄弟，兩人情同手足。這位父執，姓孔姓得對極了，因爲他不但以辦學爲終身的職志，他的外貌與爲人，也十足是個聖人之徒——清癯的臉上架着一副寬邊黑眼鏡，瘦長的個子，終年穿着一件中式長袍，不苟言笑，給人以神聖不可侵犯的印象。事實上，他也是個方正不阿、規行矩步的正人君子，我們小孩子對他一向是敬畏有加。漢文學校是他獨資創辦的，歷史已相當悠久。他自任校長，他的家也就在學校的樓上。這所學校是六年制的小學，還有一班初中一先修班。聽說學生還不少，教員的師資也很整齊，對華僑教育頗有貢獻。

第一天到學校去，孔伯伯告訴我，我要代四年級的級任，教三、四年級的算術、先修班的作文，還有一、二年級的音樂、美術和體育，月薪是四十元銀洋。在孔伯伯的心目中，一定認爲以我這個中文系的學生，來教這些毛頭小子，自必游刃有餘。而我這個糊塗而大膽的初生之犢，也跟前一天答應父親一樣，不加思索就一口承當下來。

漢文學校一共有多少學生我不大記得。當時的幾位老師，倒還記得幾位：一位是比我年長幾歲、臉孔圓圓、十分和氣的陳小姐，她是教體育的。一位相貌嚴肅的中年男子，好像是教高年級算術的。另外一位老先生，所謂老，可能只有六十多歲，但是以我那時的年齡，他已是一位老人了。他是孔伯伯的叔父，他告訴我，他跟我已經去世多年的祖父是朋友。這樣說來，他是長我兩輩的人，應該是相當老了；可是，這位慈祥和藹的老先生卻堅持稱我爲「周先生」（那個時代一般人都稱老師爲「先生」），眞是折煞我也。

進教室之前，孔伯伯叫我到他的辦公室去，交給我一根籐教鞭。「小孩子們皮得很，不聽話的時候你要打他們手心啊！嗯！」他一臉嚴肅地說。

我接過教鞭，沒有說話。孔伯伯又問我今年幾歲，我告訴了他。他說：「不行，二十歲太年輕了，我要給你加三歲。否則，別人會不服的。」我不知道是誰會不服，是同事們、學生們，還是家長？不過，那都不關我的事，我仍然是一個正值青春的雙十年華少女。

記得第一節上的是三年級的算術，當然毫無問題。我把那根黑褐色發亮的籐教鞭擱在講臺上一直到下課，以後好幾天也沒有用過。我覺得那些小朋友都很可愛，就算偶爾吵鬧了一點，或者眞的不聽話，我也從來沒想過要用籐教鞭去打他們。我可是教會學校出來，讀過「愛的教育」，知道體罰不對的新派人呀！動不動就打學生的私塾作風，我是不會苟同的。

孔伯伯一定是常常到教室來巡視，這才發覺我是個不可教的孺子。他又把我找到他的辦公室去，再度強調我要用教鞭，他認爲我的做法會破壞了學校原有的規矩。他說這番話時雖然還不至於疾言厲色，不過也是一臉寒霜，令我望而生畏。也許是學生們肯跟我合作吧？我把校長的話告訴他們，又問他們：「你們是願意我做校長心目中的好老師，用鞭子來管教你們？還是做你們心目中的好老師，永遠不用鞭子呢？」

孩子們同聲回答我：「做我們的好老師！」

教鞭。

在漢文學校當老師的期間，我沒有動過那根黑亮的籐教鞭。當然，在那以後也沒有用過任何教鞭。

教三、四年級的算術很容易，教初一先修班作文也很合乎我的興趣。澳門是殖民地，當地華僑都不怎麼重視子女的教育，往往到了學齡都不送孩子入學，初一先修班的學生有些都已十六七歲，跟成人一般高。放學的時候，我要是跟那些大孩子走在一起，校門口的一些好事之徒，就會指指點點地說：「那位姑娘到底是先生還是學生呀？」

正因爲如此，我對這一班的學生特別有好感。尤其是其中兩三個大女孩，跟我就像朋友一樣。又因爲我比較偏愛這一班，所以在改作文時也特別用心。我不但改正他們的錯字、別字、誤用的辭彙和不通的句子，且在每一篇作文後面加上很詳盡的評語。也許正因爲用了心之故，那位年紀可以做我祖父的孔老先生就經常誇奬我：「周先生改作文改得太好了，你眞是一位盡責的教師。」老人家的稱讚往往使我訕訕然，但也不免有點沾沾自喜。

孔校長分配給我的那幾科，除了算術和體育以外，其他都是我喜歡的。作文是我的本行；音樂是我所愛；美術，自命也有一手，當年它是我在國文之外的第二志願。上面說過，算術雖非所好，教小學生倒不成問題；教作文也受到誇奬；那麼，其他幾科我又是怎樣去應付的呢？

漢文學校沒有操場（那個時代好像不怎麼注重體育，我自己也念過沒有操場的小學），體育課是在天井裏上的。那個天井也不怎麼大，頂多是十幾坪到二十坪正方的樣子。在這個完全沒有任何運動設備的小小空間裏，體育課教些什麼好呢？我這頭初生之犢也眞絕，爲什麼不向別人請教呢？（那位陳小姐教的是中高年級的體育，好像是到外面的公共體育場去上的）那個時候我自以爲聰明，充分地發揮了克難精神，無中生有地「製造」我個人的體育教材，我教那羣可愛的孩子們跳繩、踢毽子、踢紙球、玩官兵捉強盜、捉迷藏……，玩得不亦樂乎，笑聲喧天。

才上了兩次體育課，正當孩子們樂得又笑又叫時，我們的孔聖人悄悄在門口出現了。他一聲乾咳，全體頓時鴉雀無聲。我背着門口站，是最後一個發現的。當我愕然地轉過身來，不用多開口，我就知道自己犯錯了。

「你們這樣太吵了，影響到別的班級上課，周先生，你想點別的花樣教他們好嗎？」孔伯伯目光炯炯地望着我，臉上罩着一層嚴霜，我嚇得低着頭連聲答應。

以後的體育課我只能教孩子們做柔軟體操，這是我唯一能想出來的「花樣」。只是，我懂得多少套柔軟體操的招式？整節課都在「一二三四、二二三四」中度過，孩子們不會厭倦嗎？很可惜，事隔多年，我自己也無法找到答案。

音樂課其實我也沒有資格教，因爲我不會彈琴。還好我那時是天不怕、地不怕，憑着自己在高中畢業考二重唱九十分的成績，以及「如今唱歌用羅裝」的自負，只覺得教孩子們唱歌實在輕鬆有趣。我除了教他們唱我自己在小學低年級時唱過的歌外，還自己編歌給他們唱。記得我寫了一首歌詞：「太陽紅，天氣好，公鷄啼醒小寶寶。趕緊起來，背上書包，快快樂樂上學校。」，配以「一百零一首最好的歌」裏面的一首輪唱曲的調，因爲歌詞顯淺而押韻，很受孩子們的喜愛，每次上課，他們都唱得很起勁。

教孩子們美術，那就更開心了。我在中、小學裏的美術成績都極佳；高中時用粉蠟筆或炭筆所畫的好萊塢明星像維妙維肖，同學們爭相索取，有時還自以爲是個小畫家哩！如今可好，有了誤人子弟的機會，得以發揮所「長」了。上課時，我在黑板上畫些圖樣，讓孩子們依樣畫葫蘆。有時是小動物，有時是娃娃，有時是卡通——像當時最流行的白雪公主、米老鼠、唐老鴨等等。孩子們又樂壞了，他們用心摹仿，開心地畫，每個人對美術的興趣都大大提高。

我負責了這麼多的課程，一週的時間都排得滿滿的，相當忙碌。不過，我一點也不覺得苦。第一次拿到月薪，我把那四十個白花花的銀元全數交給母親時，心中那份滿足感與成就感，眞是難以形容。

我的小老師生涯還不到一個學期，父親的腳氣病好了，粵西都城的一位朋友開公司，邀他去幫忙；於是，父親又要帶着一家人離開暫時棲身的澳門，長途跋涉到內地去。經過了幾個月的相處，孔伯伯已接受了我的新式教學法，對我頗爲器重。我離校前，他主動地親筆寫了一份服務證明書給我，在文字裏着實稱讚了我一番。

孩子們對我更是依依不捨。上完最後一課，我向校長和所有的同仁告辭後，步出漢文學校的大門時，成羣的小朋友都在門口相送。大女孩們紅着眼睛、低低哭泣；低年級的小娃兒則不斷地叫着：「周先生不要走嘛！」害得我眞是不忍心離去。不過，天下無不散之筵，更何況正值離亂之世，澳門只是我在逃難中的一個歇足之點，遲早都要離開的，就只好狠下心來騙他們：「小朋友，你們不要難過，將來我還要回來的！」

從那一刻開始，我就沒有踏上澳門的土地一步。當年的孩子，如今也已進入哀樂中年，他們還會記得那個敎了他們不到一個學期的小老師嗎？漢文學校又是否依舊存在呢？

那一段危樓歲月

翻開中華民國三十八年的大事記，那眞是風雲變色，驚濤駭浪的一年：一月，蔣中正總統宣佈暫行引退；二月，國民政府遷穗辦公；四月，共軍渡過長江，國軍撤離南京；十月，政府遷渝辦公；十一月底，重慶淪陷；在臺的中央級民意代表籲請蔣總統復職，政府隨卽遷臺。這簡單的幾行記載，在四十二年後的今天讀來，依然令人心頭滴血；民族的苦難雖然暫時過去，但是歷史的傷痕尙難磨滅，撫今追昔，情何以堪？

個人在歷史的洪流中也許只是渺小的一滴水珠；不過，只要這一滴水珠依舊存在，那麼，每一個曾經身歷其境的人都是歷史的見證者。我個人生不逢時，遭遇到對日抗戰和戡亂這兩場戰爭，嘗盡顚沛流離之苦；但是，從另外一個角度來看，我又該慶幸自己生在這個大時代裏，讓自己的脈動得以融入時代的脈動中，身爲一個可歌可泣的大時代的兒女，又何嘗不是一樁幸事？

我永遠忘不了三十八年的初夏六月，我和我的丈夫帶着一個一歲半、一個不滿周歲的幼兒，從廣州渡海來到臺灣。我們的第一個立足點是丈夫所服務一家民營報社於臺北市成都路底的公共宿舍。那是一棟年代久遠的破舊日式二層木樓，我們分配到的是二樓靠近東北向的一間六疊房間。早期，一家四口還勉可容身；我們在那裏一住十五年，四口之家變成六口以後，其窘迫的情形就不言可喻了。

那棟公共宿舍不但樓齡老舊、腐朽的樓板千瘡百孔，牆壁剝落，天花板上鼠輩橫行；而且煤氣公司就在馬路對面，整天飄送惡臭，薰人欲嘔。住在這樣惡劣的環境裏，我卻沒有怨尤，只是咬緊牙根，想辦法去克服。我也並非具有共體時艱那種偉大情操；可能那時年輕，比較不挑剔；要不就是抱着逃難的心情，總以爲那不過是過渡時期，很快就可以回家，誰知一耗就那麼久？現在回想起來，來臺早期的生活雖然艱苦，物資也十分欠缺，但卻很具挑戰性，讓我學到了堅強，充分發揮了個人的克難精神，一反過去嬌生慣養的大小姐作風，那豈不是另外一種收穫？

記得剛住進那棟危樓的前幾年，臺北的颱風和地震特別多。四十年年底的一次大地震，把我們那座危樓搖撼得似乎馬上就要倒塌，水缸裏的水都濺了出來，令人心膽俱裂。颱風過境時，更像是一艘怒海中的孤舟，隨時會滅頂。窗外固然狂風暴雨，室內也下着小雨，我們只好把家中所有能盛水的盆、桶、瓶、罐通通搬出來接漏，但卻仍是「床頭屋漏無乾處」，我們的心聲竟與一千多年前的詩聖杜甫唱和。

又有一年的大颱風從東岸來襲，把我們向東的那面牆吹倒，爛泥巴堆滿了房間；外面雖然仍有魚鱗板擋着，可是已不蔽風雨，災情相當慘重。颱風過後，全家大小出動，用畚箕和臉盆把爛泥巴舀起來捧到樓下倒掉，再花了大半天功夫才把房間清理乾淨。丈夫去買了幾片鋁板回來，把它們釘在泥土坍落的牆上，以後就不怕風雨侵襲了，新的鋁板閃閃發光，釘在牆上像是鏡子；但是風過處時卻會砰砰作響，蔚爲奇觀。在另外一面牆上，因爲白堊脫落太多，露出裏面的泥土，我就用很多舊英文雜誌的彩色廣告來裱在牆上藏拙。那些廣告有美麗的風景，有考究的室內佈置，有玉雪可愛的娃娃，也有令人垂涎的美食，貼在一起，花團錦簇，美不勝收，使得斗室爲之生色不少，也是我自認得意的克難傑作。

因爲我們住的是靠邊的一間，後來就把門口狹窄的過道利用作爲會客及吃飯的地方。我在牆壁上掛了一幅風景畫，木架上擺一小瓶鮮花，朋友來訪，走過光線陰暗而嘎嘎作響的樓梯，她們那尖頭細跟的高跟鞋常會嵌在樓板的破洞裏。不過，走進我們的房間以後，她們就都會說我佈置得很雅，跟外面的破舊相比，簡直是柳暗花明，使她們眼前一亮。得到朋友的一句誇獎，我就覺得心血沒有白費，非常安慰。

我睡的「床」是一個沒有門的窄長壁櫥，剛好容一個人躺下；丈夫和四個孩子都睡在榻榻米上，只因我是家中唯一的女生，所以可享特權。我們的吃飯桌是利用一個美援脫脂奶粉的厚紙板桶，上面擱一塊圓板，鋪上格子布，居然也相當漂亮。不過，吃飯時得不斷提醒孩子們不能把手肘擱上去，否則桌面一傾斜，湯汁就會淋漓一地。

居室簡陋，還可以自己想辦法改善，這棟宿舍沒有廚房，自來水又上不了二樓，那才叫人受罪。那時，大家都在走廊上各起爐灶，一家一個爐子，倒也不佔地方。早期，我燒的是木炭，每頓生火時，總是泗涕橫流，痛苦不堪。後來改燒大煤球，是可以免去每頓生火之苦；但是每天晚餐後得把兩個相連的煤球用火鉗夾起來用柴刀劈開，丟掉燒完的，再放上一個新的在那個還在燃燒的上面，這種滋味也很恐怖。因爲稍一不愼，要是那個燒紅的煤球掉在腳背上或者樓板上怎麼辦？何況，那股煤氣也常常把我嗆得喘咳不止。今天，我們都可以享受電子鍋、電磁爐、微波爐的方便，還有人記得三四十年前所受的苦嗎？

二樓沒有自來水，我們起初是貼些錢給那位替我們洗衣服的歐巴桑，請她每天給我提滿一水缸水再加上一桶，一家六口的吃喝和洗漱就全靠它。房間裏沒有浴室，我們就利用門口玄關那一小塊地方用一個鋁質大盆來洗，洗完了捧到走廊上的水槽去倒。正因爲用水太不方便，我學會了省水之道：洗過米的水用來洗碗；洗過臉的水用來擦桌椅；孩子的洗澡水用來擦榻榻米。物盡其用，絕不糟蹋任何東西。

在那個一切都欠缺的時代裏，家裏有着四個各相差一歲半的小男孩，而又住在鴿子籠般的危樓，其不便與無奈，眞是說也說不完。那時，全家唯一的娛樂是收聽廣播。晚飯後大家圍坐燈下，聽廣播劇、廣播小說和兒童節目，孩子們往往聽得入神忘我。老實說，這種消閒方式，比今天兒童們的沉迷於言不及義的連續劇或暴力卡通乃至任天堂之類的電動遊樂器有意義得多了。

假日裏，我們總是帶孩子們到新公園、植物園、科學館、圓山動物園、陽明山這些地方去玩；有時還特地坐火車去北投和淡水等地。這是最省錢的娛樂，也是一種活的教育。而每年一度的國慶閱兵，我們也從不錯過。在擁擠的人潮中，丈夫不辭勞苦，輪流讓四個孩子跨坐在他的肩膀上，讓他們可以看到壯盛的軍容。

我們在那棟日式危樓上前後住了十五個寒暑，也經歷了從三十八年大陸撤退到五十四年越戰開始，美援停止那一段全民最艱苦的階段。絕大部分的人都過着十分克難的生活，有人養鷄，有人縫軍服，有人做粽子、綠豆丸子和酒釀，有人賣臭豆腐，有人賣愛國獎券……，摸黑起早，櫛風沐雨，無非想博取蠅頭小利，貼補家用。我自己一無所長，就靠着一枝筆來爬格子。稿費雖然十分微薄，在辛勤的耕耘下，也有了少少的收穫，對家計不無小補。

在國家外滙存底已躍登世界第一（八十年四月廿一日聯合報報導），臺灣錢淹腳目的今天，回顧四十年前的「寒酸」與「落魄」，自是別有一番滋味在心頭。不錯，如今中華民國已擺脫了貧窮，而且表面上相當富足，也正朝已開發國家的目標邁進；可是，比起當年，我們的國際地位卻每下愈況，甚至經濟地位也由亞洲四小龍之首而降爲之末，社會也呈現極度的混亂不安。當年雖窮，卻受到國際上的尊崇與重視；今日雖富，友邦反而日少，又背上了「貪婪之島」的惡名，那又有什麼足以自豪的呢？誰爲爲之？孰令致之？身爲國民一分子，每個人都應該捫心自問、俯首三思了吧？

山水篇

讀萬卷書，也要行萬里路，留下的雪泥鴻爪，點滴在心頭。

滄海月明珠有淚

紅棉樹和洋紫荊

從啓德機場出來，驅車經九龍的鬧區，進入海底隧道前往港島，車窗外首先吸引我視線的是路旁紅艷灼人的木棉樹。也許是離開嶺南的故鄉太久，而這些年來又不曾在暮春三月去過香港，就認爲臺灣橘紅色的木棉花跟故鄉一樣。這次親眼看到了港九街頭處處聳立着花朶如火焰般燃燒在枝頭的紅棉樹，這才恍然大悟：生長在不同緯度的植物，不可能完全相同；正如文化背景不同的人，生活習慣也往往互異。

灼灼的紅棉美化了港九的春景，同時，另一種花樹——洋紫荊也開滿了九龍半島和港島的街頭。葉如蝴蝶，花也有如長着淡紅斑點的彩蝶的洋紫荊不算很漂亮，但是在盛開時滿樹繁花，也自有風情萬種。在密密麻麻的水泥森林組成的大都市中，有這兩種花樹點綴着，自是增色不少。

來接機的弟弟告訴我，洋紫荊現在是香港的市樹。哦？看來港人在沉迷於賽馬和六合彩之外，並沒有忘情於花花草草啊！

勞斯萊斯和老乞丐

老實說，享有「東方之珠」美譽的香港是美麗的。從九龍眺望過去，它彷彿像是一座從海中升起的現代堡壘，無數的摩天樓從海邊排列到山頂；夜裏，閃耀璀璨的燈海更是足以使天上的繁星失色。如今，儘管九七大限的陰影臨頭，表面上看起來，市面還是繁榮如昔。目前矗立在中環海旁，將近完工的貿易廣場，是兩座規模宏偉的玻璃大厦（是想跟紐約的世界貿易中心雙厦一別苗頭嗎？）改建後的滙豐銀行在改建後外觀有點像巴黎的龐必度文化中心。它們在幾年後的命運又將如何？

在中環的皇后大道上，我看見一部漆成金色的巨型勞斯萊斯停在一間酒家前，引得路人個個側目。印度籍的司機穿着筆挺的制服，可惜沒機會看到車主人（聽說是一對暴發戶中國籍夫婦）。就在這間酒家附近一條小巷的巷口，我看到一個衣衫襤褸、形容枯槁的老乞丐蹲着，伸出乾柴似的手向路人要錢。這是多麼不調和而又令人傷感的現象！香港乞丐相當多，街頭露宿者更多，而且都是年老的。這些老而無依的人不見得是貧無立錐，有很多是被不孝的子女遺棄的。老人福利，眞是全球所有工業國家面臨的大難題。

「賓妹」的後遺症

遊客們只要稍稍留意一下，每到週末，在中環海旁的空地上，以及天星碼頭附近，必定聚集了大批皮膚黝黑的東方面孔少婦。她們成羣結隊，佔據了路旁所有的石凳，或者以報紙席地而坐，一面吃喝，一面嘰嘰呱呱在聊天。在她們的身畔，塑膠袋、飲料的空盒、果皮、紙屑丢得滿地都是，大大的破壞了市容，令人慘不忍睹。

她們是誰？她們就是港人口中的「賓妹」，也就是菲律賓籍的女傭。這些來自菲律賓貧苦家庭的少婦，以低廉的工資，大批湧入香港家庭，爲人幫傭。她們所受的敎育不高，又不懂中國人的生活習慣，工作能力當然也有限。在「劣幣驅逐良幣」的原則下，我相信當地的女傭行情也會受到影響。

這些和白領階級一樣享有週末假期的菲傭，由於收入微薄，一到假期，就聚集在中環市區可以休憩的場所，買一些現成的熟食和飲料，大夥兒用鄉音聊聊天，既可解鄉愁，也是最省錢的度假辦法。我不明白的是，香港的警察對這些人公然汚染環境，爲甚麼視若無睹？

移山塡海

香港是個蕞爾小島，面積有限的彈丸之地。但是，港府很會開源，他們跟荷蘭人一樣，懂得製造土地。根據統計，自從一九四五年以來，港府就不斷地移山塡海，到現在爲止，已塡出二千一百五十公頃的土地，也就是四個澳門的面積，這樣的成績不可謂不驚人了。

怪不得每次到香港都發現海邊的景觀有所不同，不但新的高樓不斷崛起，而且原來最靠海的干諾道外圍又增加了不少陸地（港人稱爲新塡地），這也算是人定勝天的一個實例吧？要不然，又怎容得下五百多萬的人口？

臺灣也是一個地狹人稠的海島，既然垃圾爲患，是不是也可以考慮考慮用垃圾來塡海以擴充我們的土地面積呢？

離島與衞星城市

正因爲港九地區面積狹小，所以新界的幾個衞星城市和香港西南方的一些離島，就成爲港人度假的好去處。這次我曾與家人同遊長洲島，從中環搭船一小時可達，輪船班班客滿，人如潮湧，而有些自私而沒有公德心的乘客，卻公然佔領一整張長椅躺着大睡特睡。大家對這種人也唯有搖頭嘆息，並沒有人去干涉。

長洲是一個美麗的小島，山上繁花似錦，俯瞰海景如畫。然而，一般人來此不是爲了欣賞美景，而是爲了吃海鮮，還有些人居然在飯館裏大打麻將牌。如此的度假方式，豈不令人啼笑皆非？

我又曾到過以吃乳鴿聞名的沙田，五年不見，幾乎不復相識。一走出火車站，就緊鄰着一座極其現代化的建築物——新世界廣場，樓高六層，上面幾層是餐室、酒樓，中間幾層是商店，地下樓是超級市場。中庭很大，設有兩座噴泉；屋頂還有花園和兒童遊樂場所，可以在這裏盤桓一天而不會無聊。

放眼望去，沙田到處是高樓大廈、陸橋、寬闊的馬路，完全是現代都市的模式，昔日的鄉野情趣已消失得無影無踪了。住在港九的人，想享受一點大自然美景已不容易。

日貨．報紙

香港除了人多、車多以外，還有二多。一是日本貨多。除了銅鑼灣一帶盡是日本百貨公司的天下外，如今新興的東尖（尖沙咀東部）地區，也興建了好幾家大規模的日本公司，而且生意都不惡。站在九龍這邊望向隔海的香港，高樓上豎立的霓虹燈招牌，幾乎清一色是日本商品，令人對日人在世界上的經濟侵略感到吃驚。

二是報紙張數多。香港報紙跟歐美一樣，每份都有十幾張。當然，廣告佔去了不少篇幅，馬經往往也佔去一整版。其他的篇幅，除了新聞報導外，副刊也有好幾版，每一版都有不少雜文，以嘻笑怒罵的方式來跟讀者閑聊，雖無文學價值，也足以供人作茶餘酒後的消遣。香港報紙另有一特色就是使用方言（粵語），從前我覺得這是俚俗不堪，如今卻感到加倍親切。大概由於這是我的母語，讀之可以聊解鄉愁吧？

黯淡了的夜明珠

香港，這座擁有「東方之珠」美譽的國際都市，在九七大限的陰影下，人心浮動、盜賊橫行，「滄海月明珠有淚」，「太平山下不太平」，夜明珠的光芒已逐漸黯淡。想到幾年之後，幾百萬的港九同胞將要失去了寶貴的自由，心中不禁爲之惘然黯然。

費城紅葉，華府初雪

旅行社的人說：一般的旅遊業者，每年在十月中旬以後，就不辦美東團了。但是，我們這一團，不但要在十一月中遊美西、美南、美東，而且還北上加拿大，遊覽多倫多，眞是一羣不怕冷的人，難怪在十一月中旬就遇到雪。

這一次的美加之旅，由於行程涵蓋的地區相當廣，讓我們在旅途中嚐到了春、秋、冬三季的滋味，當然，在打點行囊時也費了一番腦筋。南加州和佛羅里達州是陽光和煦的春天；紐約、費城是草木黃落的深秋；到了華府，遇到初雪，那更是嚴冬了。

在行程中，氣候轉變得最厲害的一次是從南方佛羅里達的奧蘭多飛到北方美加邊境的水牛城，幸而我們都有備而來，並沒有因爲突然從暖春進入寒冬而受涼。

我們是黃昏時候到達的，在旅館門口等候卸行李時，已有女伴在撿拾路旁幾株不知名大樹所掉下來的黃褐色枯葉。次日清晨，無意中憑窗外望，居然發現旅館側面一條大街上的兩排樹木，葉子全被西風染得酡紅。當下，我們幾個人不禁驚喜若狂地趕緊下樓去拍照，總算搶到了幾張紅葉的鏡頭。

美東秋日楓林的美景一向是我渴望有機會欣賞的，十一月，我以爲已錯過了時機，想不到卻讓我在水牛城看到。

在紐約，也看到了幾棵葉子已經不怎麼紅的樹。那天，我暫時脫離旅行團與長居紐約的大兒相聚。他習性不改，仍是拖着我大逛書店和唱片行，最後逛到林肯中心，他惋惜我無法停留下來聽一場音樂會，就替我在中心外面的廣場上拍照留念。我就是在廣場上看到對面馬路旁邊有紅葉樹的。

從紐約坐了三個鐘頭車到費城，天上開始下着綿綿的冷雨。我們只能匆匆瞥了自由鐘一眼，就得趕往中國城的餐館吃中飯。替我們開遊覽車的青年黑人跟我們同桌共吃。因爲怕他不自在，大家拚命逗他說話。這位年輕人，不但不抽烟不喝酒，而且吃得很少很素，他說因爲要開車，所以飲食要特別小心。他態度溫文有禮，但是也很隨和的跟大家開玩笑，使得餐桌上笑聲頻頻。

飯後，跟餐廳的廣東臺山籍老闆夫婦用廣州話談了好一會兒。老闆是此地土生土長，老闆娘則是香港去的。他們對中華民國的情形並不陌生，也許是臺灣的旅行團來得很多的緣故吧？國民能夠經常出國觀光，自然會給人以這個國家是自由而又富裕的印象。

從費城到華府，又得開三小時的車。一路上雨勢越來越大，坐在車裏，實在無聊。然而，車子離開了市區和郊區，高速公路伸入廣漠的原野後，公路兩旁色彩繽紛的秋林景色，立刻使我精神抖擻起來，雙眼貪婪地注視著這夢寐以求的美景，連眨一下也捨不得。

這些樹，除了楓以外，我全都認不得。它們的綠葉，在秋神的魔指下，有的變成鵝黃，有的變成橘紅，有的變成硃砂色，有的變成赤褐。它們是如此的疏密有致，在一些常綠樹的襯托下，一座又一座的秋林，經過雨水的洗禮，呈現出一幅晶瑩、燦爛的水彩畫；又似乎那一位億萬富豪，以驚人的大手筆地用無數的瑪瑙、琥珀、紅寶石和綠寶石來裝點這座樹林。不過，用寶石來形容秋林實在太庸俗了，天公的妙手，又豈是人間任何藝術大師所能比擬的？

我讀過很多描寫秋林的文章，對那紅於二月花的楓樹，很多作者喜歡用「一把火」或者「燃燒」等詞彙來形容。也許，十一月已是深秋，我此刻看到的秋林，並沒有如火如荼的紅，而且我也不喜歡濃濃的一片紅，像目前這種各種顏色葉子並陳、彩色斑爛的樹林，豈不更富詩情畫意？

就這樣，我一路上目不轉睛，甚至目瞪口呆地，以一種驚艷的心情注視著車窗外的五彩秋林，看得脖子也痠了。

到了華府，雨已停歇。遊覽車穿過華府整潔的街道，在一幢幢古雅莊嚴的建築物間，也看到不少綴滿紅葉的行道樹。今天雖然整日行車，相當的累，可是我內心的喜悅與滿足卻是無可比擬的。

第二天一大清早，拉開旅館房間的窗帘，哇！外面白茫茫一片，昨晚電視上預告會下雪，果然應驗了，而且還是華府今年的初雪。據說：過去都是在耶誕節前才開始下雪的，十一月中旬就下雪，是多年來的首次，卻讓我們這羣多年來不曾見過雪的人碰到了，又是一次奇遇吧？

當下，全團人都興奮得不得了，與致勃勃的駕車出遊。雪越下越大，到了上午十時左右，華府已變成一個粉粧玉琢的世界，積雪盈寸。奇怪的是，在感覺上並不太冷，只不過像是臺北的十度左右罷了。

去參觀自然歷史博物館時，大家還覺得很好玩，紛紛在館外拍攝雪景。但是，後來雪下得更大，地上的積雪漸深時，我便開始憂慮：再這樣下去怎麼辦？不但我們的遊覽節目受到影響，萬一機場關閉，明天豈非走不成而耽誤了行程？這不是我的杞人憂天，富有經驗的領隊也有同感。果然，那天晚上看電視新聞，當地的機場便因為積雪過深而關閉。

在風雪中，我們仍然一處處的參觀。到了傑佛遜紀念堂時，由於積雪，門前不能停車，我們得下車步行一段路進去。因為怕滑倒，我和好友丁彼此挽臂緩緩而行。才走了一兩分鐘，那迎面飄來的雪花和刮面的寒風，使得我幾乎窒息。很想打退堂鼓往回走，但是又不便拖累別人，只好咬牙忍受，勉強走完全程。

隨着時間的腳步，雪勢一直增強，到了下午，地上的積雪已有一呎深。這時，我不再逞強了，凡是要在雪中行走的，我便不參觀，寧願坐在有暖氣的車子裏觀看外面的雪景。當然，同伴中和我有志一同的也不少，也不會寂寞無聊。還好，我們也只不過錯過了參觀國會的內部而已。

就這樣，別人到華府來是參觀白宮、雙橡園和動物園中的貓熊，而我們是看雪。

第二天，老天幫忙，雪停了，機場也恢復使用。我們利用上午的時間，到白宮外面拍照留念。白宮，在一片雪景中，更顯得平平無奇，毫不出色。倒是白宮對面公園邊兩個坐在雪地上的流浪漢相當引起我的驚訝。這兩個都是年輕的男子，衣衫襤褸，留着長髮長鬚。他們所擁有的唯一財產也是全部家當，就是一部用木條釘成的簡單手推車，上面堆放着一些破爛東西。這個鏡頭，令人想起了女星露西·鮑爾在"Stone Pillow"（「石枕」，此間公視譯為「流浪曲」）中的情景，想來美國這一類的Homeless（無家可歸的人）還不少。這兩個流浪漢，一個蹲在他的「車」側打盹，一個還怡然自得地靠在樹幹上看書。

後來，在另一處公園裏還看到一個直挺挺地躺在雪地上的流浪漢。大家都爲這些人在寒天裏流落街頭、挨餓受凍而感到同情，奇怪他們何以不去請求救濟。領隊卻告訴我們：「這些都是好吃懶做的人，他們領到救濟金，馬上就花在吃、喝、嫖、賭甚至吸毒上面。這一類的社會寄生蟲，那值得同情呢？」這樣看來，美國的社會問題實在也不少啊！

最後，我們的車子在高聳入雲的華盛頓紀念碑外圍繞行一周，又下車在雪地上拍了照，就直奔機場，揮別停留了幾乎兩天兩夜的華府。

大雪紛飛的華府情景，將長留心底，永不泯滅。下次再來時，但願能看到櫻花盛開、春光燦爛的美景。

我看大峽谷

從高空遠眺，它像個巨大無匹的橢圓形井口；近一點仰望，像是一間又一間的中國廟宇連接在一起；登臨其間，又像是面對亙古的蒼茫和全世界的孤寂，令人興起了「念天地之悠悠，獨愴然而涕下」的蒼涼之感。

這不是一則啞謎，而是我個人來到世界七大奇景之一，位於美國亞利桑那州的觀光勝地大峽谷的初步印象。

名滿天下的大峽谷，我在圖畫中、照片中和電影中看得夠多了，也讀過描寫它的文章，聽過形容它的音樂；它一直是我夢寐以求，希冀能夠一睹廬山眞面目的地方。儘管我對它似乎已相當熟悉；但是，當我一旦面對它時，還是興奮得像是好夢成眞。

當飛機從達拉斯飛往拉斯維加時，航程的後半部經過的都是怪石嶙峋的山嶺，有幾次，聽見同機的搭客在互相詢問：那是不是大峽谷？的確，機窗外所看到的一些層層疊疊、鬼斧神工的山巒，看來眞是有點像圖片中的大峽谷；不過我就知道它們不是。然後，我看到了那巨大的橢圓形井口，我告訴自己：這一定是了。果然，就在同一秒鐘，機長向乘客報告：在我們的右方，可以看到大峽谷。

拉斯維加斯是一個很無趣的城市，似乎除了烏烟瘴氣的賭場，就沒有別的去處。那晚，旅行社爲我們安排去欣賞了一場巴黎麗都原版的歌舞節目，雖然是首次開洋葷，但我卻是無動於衷，覺得不過爾爾。

爲了「大峽谷村子裏沒有較好的餐廳」這個理由，第二天旅行社浪費了我們半天的光陰，爲我們訂好了午後才起飛往大峽谷的小飛機，十一時就帶我們去吃午餐。在賭城裏，因爲沒有中國餐館，三餐都在旅館的餐所吃西式自助食，雖然味道不錯，但是卻把我們吃怕了。出來旅行是爲了玩；吃，實在無關宏旨，一分三明治、一杯牛奶，照樣可以打發。爲了吃而浪費一個上午，太划不來了。何況，到大峽谷還是自己出的錢，這一百五十五元美金，並不包括在這次旅遊的費用內。不參加的人，就得待在賭場內，以玩吃角子老虎來消磨時間；說不定，他被吃掉的角子還不止這個數目哩！

我們在午後一時左右分乘兩部九個座位的小飛機飛往大峽谷。駕駛員的英語帶著濃重的西班牙口音，大概是中、南美洲人。因爲我們這一批人都是中年以上，他就一律稱男的爲「爸爸」、女的爲「媽媽」；安排體重最重的人坐前面，輕的坐中間，普通的坐後面，藉以取得機身的平衡。

小飛機彷彿一直在一些荒涼、光禿的山脈上飛過。飛了將近一個鐘頭時，我又看到了那口

「大井」。想想看它有多大？後來，我翻看資料，這口橢圓形的大井，長度寬達二七七英哩（我們臺灣從南到北是三七七公里），寬度是從六百英呎到十七英哩，深度也有一英哩。它的芳齡是十七億年，足足有地球年齡的三分之一。

當然，飛臨它的上空，大峽谷就不再像一口井了。我之所以說它像井，是因爲它四周是山崖，中間是峽谷（科羅拉多河就是在谷底縱流而過），而它的山崖又都是平頂的，所以遠看像口大井。如今從上空俯瞰，看見的卻是一層層、一疊疊、連綿不斷、奇形怪狀的石山；但是，這些石山上往往又長滿了青蔥的森林，有些地方又有瀑布潺潺而流，眞是一個世外桃源。大自然這一手詭異、神奇的創作，憑我的一枝拙筆，又怎能形容於萬一？

小飛機在停機坪降落，進入候機室就有一位黑人來接我們上了一部遊覽車，帶我們去欣賞一部描述大峽谷開發情形的電影。這種名叫伊瑪斯（Imax）的寬銀幕電影，據說是世界上最大的銀幕，而且很有立體效果。因此，銀幕上出現的懸崖飛瀑、激湍急流、人馬雜沓、絕壁凌空等鏡頭都非常逼眞，有如身歷其境，令人屏息。散場之後，大家都有「不遠千里而來，單看這場電影，就已値回票價」之感。

然後，黑人司機兼導遊就分秒必爭的急急地催大家上車，載我們到村子裡去觀光。在一條筆直、闊寬、平坦的公路上奔馳了約半個鐘頭，路上疏疏落落可以看到一些餐廳、小旅館、商店之類，略似荒涼的小鎭。最後，車子停在一幢以石塊和原木築成、帶有西部牧場色彩的房子「大峽谷小屋」面前。這時是下午三時半，司機兼導遊面色凝重地告訴大家，我們可以到這屋子的後面拍照，在右側的商店裏買紀念品。但是一共只能停留半小時，因爲這裏晚上可能下雪，我們必須及時飛回拉斯維加，否則就要「下雪天留客」了。

大夥兒走進屋裏，原來後面是一個很大的露天平臺，下面就是峽谷，深不見底。從平臺眺望過去，是一道一望無垠的平頂山嶺，在紫灰色的嵐霧中顯得朦朧而有點不眞實。司機說：那就是大峽谷的南緣。

我們紛紛倚着石砌的矮欄干，以南緣爲背景，留下此生難忘的鏡頭。當時，只覺得如此短暫的停留，簡直是「不見廬山眞面目，只緣身在此山中」，是一件大憾事。後來，照片洗出來，卻也另有一番獨立蒼茫的意境。

我是一個十分守時的人，司機說好了半小時後上車，我拍完照後，在那家專賣紀念品的商店裏，匆匆選購了幾樣印第安人的手工藝品後就走出小屋，準備上車。結果，只有司機一個人坐在那裏。

一看時間已差不多，我着急地請司機去把大家請出來。他很感謝我的合作，又問我對大峽谷的觀感如何。他說：你們只停留這麼短的時間實在太可惜。不過，我知道你們也許不會再來了，再來的話，一定要住個三天三夜才看得夠。

我眞的不會再來嗎？那可不一定，有機會我還是會來的。不過，我不會再乘小飛機了，再來的話，我會坐車從陸路來。聽說大峽谷的景色不但四季不同，而山的顏色也因爲陽光的關係而晨昏各異，是値得看它個千遍萬遍的啊！

山上天暗得早，歸途中，已是暮色四合，山雨（雪）欲來。上了原來的小飛機，向西飛去，還正在向下面的大峽谷依依不捨地凝望時，西天上瑰麗的晚霞，又把我的目光吸去。飛機的正前面，是一大片穠艷、亮麗、閃耀着玫瑰金色彩的夕照，左右兩邊的天畔，則是揉合了橘紅、珊瑚、淺粉、淡靑、粉紫這諸多色澤的水彩畫，簡直把我看得眼花撩亂。一向愛看落日，卻從來不曾這樣「接近」落日過。在高空上看落日，原來是有着如此不同的感受與情趣，這也可說是一次意外的收穫吧！

飛機追逐着晚霞，晚霞卻逐漸隱褪。等到天空不再亮麗時，地面上比繁星還要密的一片彩色燈海，又攝去我的視線。罪惡之城、不夜之城的拉斯維加斯又到了。我討厭這種以賭博來吸引遊客的地方，雖然我希望能夠再到大峽谷去一次；但是，這裏是絕對不會再來的。

波城散記

新英格蘭風貌

美國東北部新英格蘭地區深秋的紅葉，一直是縈廻在我夢中的美景，但是前兩次赴美，都無緣來到這個使人與「五月花號」和「獨立戰爭」這些歷史聯想的地區一遊，心中不無遺憾。這次，因爲要到位於波士頓近郊佛朗明罕鎮的二兒家去小住，雖然在炎夏中欣賞不到紅葉，不過，新英格蘭的特殊景色，已讓我飽覽無遺。

高聳的白色教堂尖頂，是新英格蘭景色的標記。而到處的參天古木，像挺立蒼勁的橡樹、松、柏、楓……等，更像是在告訴人這個地區的歷史是多麼悠久。大概是由於緯度較高，加上這些老樹的遮蔭，在太陽下固然也很燠熱；可是早晚卻很涼快；而在陽光照不到的地方，南風吹送，更令人渾忘置身溽暑。以二兒家爲例，因爲房子四面都有綠樹濃蔭，所以根本不需要裝冷氣。尤其是樓下，氣溫起碼比樓上低五度，連電風扇也不需要，晚上還得蓋條毛巾毯。

小巧玲瓏、色彩鮮艷的木屋疏落在林蔭中，門前是修剪平整的草坪與悉心培養的花圃，這固然是美國各州小鎮住宅區的共同點；不過，這裡的小鎮似乎更加寧靜，更加安詳。令人覺得這些漂亮的房屋彷彿是用來作擺飾而不是給人住的。

居民和善、有禮、略帶點保守性格，是這個地區的特色。聽說這裡的人比較有種族觀念，還好我並沒有碰到過有人對我的東方面孔有歧視行爲。

瓦爾登湖畔

二兒說要帶我到美國大作家梭羅當年在那裡隱居的瓦爾登湖(Walden Pond)去觀光，我與奮極了。瓦爾登湖位於康考特（Concord），從二兒家開車約一個鐘頭就到。

可是，走出停車場，跨過馬路，走下斜坡，眼前是一片潔白的沙灘，擠滿了穿着泳裝的男女老幼，湖裡有人在弄潮，沙灘上有五彩的遮陽傘，有高坐的救生員。如此的一幅現代景色，我又怎能與一百多年前梭羅的隱居之地聯想在一起呢？

湖不大，（它原來是被稱爲 Pond（池塘）的，我們卻習慣稱它爲湖，只好從俗了。）四週都是一些普普通通的樹木，景色平平，毫不起眼。若非湖以人傳，恐怕是乏人問津的。

我來這裡，主要是想看看梭羅當時隱居的環境。從資料上看，我知道湖畔有一間仿照原來式樣重新建造的小木屋（距離梭羅原來的木屋有半英哩）供遊客參觀。不定期的，還有演員扮成梭羅的樣子，在木屋前和遊客聊天。然而，那間木屋距離我們所站立的岸邊相當遠，要我在大太陽下走過一大段沒有樹蔭的沙灘，可沒有這份勇氣。於是，不遠千里而來，只在瓦爾登湖畔逗留了不到一個鐘頭，除了看人戲水和拿到了一份資料，並拍照留念如儀外，竟然「空」手而回。

我自嘲地告訴自己，我總算來過康考特，我總算看過瓦爾登湖。回國後再讀一遍「湖濱散記」就得啦！

長春藤大學及其他

這次赴美，有幸參觀了好幾所著名的大學：哥大、耶魯、衛斯理、哈佛，還有麻省理工學院。哥大位於紐約市內，雖然校區廣大，但是除了每一幢建築物的屋頂都是漆成淡綠色外，好像沒有什麼特殊之處。耶魯，校園大得像個小鎮，所有建築物全都古色古香，使人像是走進了中世紀，發思古之幽情。

蔣夫人當年就讀的衛斯理學院，就是在波士頓近郊的衛斯理鎮上。校園也極爲廣大，有河有湖，到處綠草如茵、花木扶疏，景觀之美絕不遜於任何一座植物園。據說此校以園藝系著名，而學生們栽培植物的溫室也任由遊客自由入內參觀，實在難得。

也是位於波士頓近郊，劍橋鎭的哈佛大學是何等大名鼎鼎！也許是我的期望太高，也許是由於它盛名之累，哈佛給我的印象並不如想像的好，起碼外觀上是如此。

哈佛是美國最古老的大學，成立了已經三百多年，它的校園跟哥大有點像，房舍多而密集，路上的人也多，東方人尤其多，其他人種也不少，看來眞像小型的聯合國。聽說這裡光是圖書館大大小小就有一百多座，這個數目實在驚人！

更令我吃驚的是，聞名世界的哈佛廣場竟然又髒又亂，遊人摩肩接踵，路上到處都是垃圾，公共道德之差，跟這裡的高學術水準簡直不成比例。

離開哈佛不遠，同是位於劍橋鎭上的麻省理工學院，從校舍看來，跟哈佛完全是兩個不同的世界。哈佛是三四百年前的舊建築、陰暗、古老；而麻省理工學院則完全是明亮高大的現代建築。這種外觀上的差異，恐怕跟他們學科的專長—文史與科技有關吧？

哈佛、耶魯和哥大，是美國八所長春藤聯盟大學中的三所；而麻省理工學院和衞斯理學院也都是極負盛名的學府。我很高興我那兩個書呆子兒子（哥大是住在紐約的大兒帶我去參觀的；其餘都是二兒帶去）了解老媽的性格，讓我有機會去見識見識，沾點書卷氣，而不只是帶我去豪華的夜總會看歌舞，或者是到高級的餐廳去吃龍蝦。

償還四十年的相思債

——返鄉印象記

睽違了四十一年，也刻骨相思、魂牽夢縈了四十一年的故土，在還沒有回去以前，我總以為一踏上斯土一定會激動不能自已；然而，為什麼當我從飛機上走進上海的虹橋機場時，除了對那幾個穿着軍裝的關員感到有點刺目以外，竟然毫無感覺？是因為黑夜？還是這兒並非我從前生長和居住的地方？

不過，在往後的十三天裡，我們走過了江南美麗的水鄉、皖南古樸的鄉鎮以及長江中游的幾個大小城市，也看到了這片土地許多不同的風貌。走馬看花，雖然不夠深入，但是所見所聞，也使我對它增加不少了解而且感觸萬千。它，有一些事物和許多地方還都停留在四五十年前甚至更久遠；可是有許多方面，譬如一般的想法和簡體字等等，卻是變得使我難以適應。少小離家老大回，自己已不是四十年的紅顏，家園又怎能不變？且讓我把此行的觀感點滴，用一枝禿筆記錄下來，作為印證吧！

沒有笑容的空姐

一般觀光客接觸一個國家（地方）的最初印象就是所搭乘的該國（地方）的飛機。我們此次一共搭乘五次大陸的民航，其中一次取消、三次延誤，只有一次準時。班機的取消與延誤所給予我的後遺症我已在另外的報導中提及，這裡只談大陸民航所留給我的印象。大陸民航在外觀和設備上大致與我們的沒有多大差別；但是，所供應的飲食實在太差，有時是一盒野餐；有時是一包餅乾和一瓶果汁，也有只給一盒牛奶的。機上沒有飲水設備，厠所中沒有擦手紙巾；不供應雜誌，乘客只能閱讀到一份他們的官方報紙。即使是國際線的飛機，也沒有示範救生衣和氧氣罩使用方法的錄影帶，還得由空服員面無表情地現場操作講解。

說到空服員，她們給我的印象才是最深刻。除了取消的那次不算，我一共搭乘過四次他們的飛機，但是我沒有看過那一位空姐露出過笑容。

吐痰與抽煙

未到大陸之前，只知他們有些地方落後我們半世紀，至於怎樣個落後法，則是身歷其境之後才體會得出來。我們此行，去過幾個大都市，可是也到過安徽、湖北、四川等地的一些窮鄉僻壤。的確，鄉人們還生活在半個世紀以前，他們住在破舊的泥屋裡，用柴薪燒飯，沒有水電，赤腳的兒童拖着兩條鼻涕到處跑，貓狗變成了稀有動物。這一切都符合了我的想像，也使我為他們的生活水準之低感到心疼。

然而，最落伍的一件事既不是生活水準的差距，也不是盡人皆知的可怕厠所，而是大陸人民吐痰的習慣。中國人的痰特別多應該是已成歷史的事實，據我所知，一個人不是感冒、咳嗽或者肺部有毛病，是不會有痰的。那麼，大陸人民為什麼幾乎每個人都隨地吐痰呢？在大陸十幾天，我觀察的結果，他們環境的髒是灰塵大、泥濘處處和滿地痰涎，一般的垃圾如果皮、瓶瓶罐罐、塑膠袋之類反而甚少，這大概是他們比較少吃零食之故。

在大城市中，也到處看「勿隨地吐痰」的標語，而且在很多公共場合都設有痰盂（又是一個落後的象徵）；可是一般人都視若無睹，高興在那裡吐就那裡吐。也許，這是他們僅有的一些「自由」吧？

一般而言，他們的衞生習慣很差。除了觀光飯店以及一些新式建築物外，舊式厠所一律沒有洗手臺。一家鄉間小飯舘端出來的塑膠杯的顏色已由紅轉褐，杯口也磨損到參差不齊，起碼有十年以上的壽命。結果，大家只好忍渴，誰也不敢碰那些杯子一口。

每一個男人都抽煙，而且好像完全沒有禁止抽煙的地方（飛機除外），是我對大陸的第二個印象。他們抽得是那麼兇，都是一支接一支的，簡直把人薰死。在空曠的名勝風景處被薰還可以躲遠一點，最怕的是在電梯上，在餐廳裡，在遊覽車上，那就躲也沒處躲了。

他們爲什麼那麼愛抽煙？是因爲心中苦悶嗎？

塑膠袋成爲寶貝

在街上、路上看到的、接觸到的，也都構成了每一個觀光客的第一印象。大陸至今還沒有高速公路，一般的鄉間公路都是坎坷不平，沒有路燈，晚上行車，驚險萬狀。大都市中車輛不少，也有塞車現象，但是車輛中以遊覽車、旅行車和貨車爲多，小汽車只佔極少數。都市居民除腳踏車外，多以公車和無軌電車代步。這兩種車子全都陳舊破爛不堪，而擁擠的程度卻遠比臺北的巔峯期間爲甚。在鄉間，則更是騾車、板車、獨輪車……各種原始交通工具並存。

去過大陸的人都知道凡屬國營的商店、餐廳等地的員工服務態度差；反之，要是笑臉迎人的都是個體戶。但是，你得提防他們獅子大開口、敲竹槓；若不能狠下心來殺價，吃虧的是你自己。我們這邊卽使買幾塊錢東西也有塑膠袋供應，以致如今塑膠袋氾濫成災，造成環境汚染。然而，在大陸上塑膠袋卻是相當「寶貴」。一般小買賣都沒有包裝，有的用舊報紙。就算有塑膠袋，也是極薄的那種，一戳卽破。所以，回鄉探親的朋友，不妨整理一些乾淨的塑膠袋帶回去，一定大受歡迎。

迷你裙、喇叭褲

沒回去之前，我渴望著能嚐到各省眞正的獨特口味，結果，我失望了。也許是我們多數在觀光飯店的餐廳裡進食之故，我覺得到處的菜式都差不多，跟臺灣館子裡「南北和」的作風一樣。不同的是大陸的菜餚口味特別重，鹹得使人難以下嚥。我想這跟他們飯量大有關係，在街頭看到的，每個人都手捧巨碗，狼吞虎嚥，這就需要較鹹的菜來下飯了。他們的營養觀念也似乎還停留在「吃肉補肉」的階段，所有的餐廳供應的青菜只是意思意思，譬如白菜炒肉絲，總是肉多於菜，使得我們這些愛吃肉邊菜的人每餐都如有所失。也不知道是不是因爲鷄蛋便宜之故，每餐幾乎缺不了蛋花湯，而湯裡漂浮著的仍只有幾片應景的菜葉。

在大陸上不大容易買到水果，偶然在路邊遇到一兩攤，也都只是一些快要熟爛的梨子、乾癟的小型橘子、變黑的香蕉，大陸人好像並不怎麼熱中吃水果。反而那些染色染得紅紅綠綠的小瓶汽水卻是滿街都是，是每個人的寵兒。

被稱爲「藍螞蟻」的人民服，至今仍是大陸老百姓最普遍的穿著。成衣店不多，一般家庭都有縫紉機自己裁製衣服。在四川看到一個有趣的現象：有些婦女把縫紉機擺放在門口或人行道上，就當街做起洋裁生意。重慶的少女似乎流行穿迷你裙，在大街上我看見不少穿著緊裹著臀部的黑色迷你裙，露出兩條粗短大腿，招搖過市的女孩。青年男子仍穿寬褲管的喇叭褲，不知道是流行還是落後。

「強迫」外人學中文

自從中共廢棄了過去的羅馬拼音法，自行創出一套新的英文譯音，把JQXZ這些中國話裡沒有這種發音的字母都派上用場後，使得全世界所有要接觸英文的人都頭痛不已，也正如初讀到簡體字時，非要用猜才看得懂一樣。

如今，中共不但要那些不懂中文的外國人重新學習拼音法，還要強迫他們認識中文。這話怎說呢？我首先注意到他們報紙名稱的英譯已不用 DAILY NEWS 或 EVENING POST 之類，而乾脆用 XINWEN（新聞）或 WAN BAO（晚報）。長江已不叫 YANGTZE RIVER 而叫 CHANGJIANG，隧道不譯爲 TUNNEL，卻音譯爲 SUIDAO。諸如此類，不知國際人士欣喜這是學習中文的良機，還是爲之傻了眼呢？

※ ※ ※

短短十三天的所見所聞，固然只是浮光掠影；不過，每個人有每個人的感受，在閱讀過無數的文字介紹，看過了無數電視上的報導後，一旦身臨其境，畢竟血濃於水，回到故土的震撼自與到世界各國觀光的感覺不同。

譬如說，當我住在上海的一家四星級觀光旅館裡，躺在舒適的席夢思床上，享受著冷氣，欣賞著壁上的名家書畫時，忽然發覺茶几上的熱水瓶還是三四十年前那種用軟木塞的舊式產品，浴室裡的香皂和衞生紙都粗糙不堪，而門外又傳來一陣吳儂軟語。於是，我惕然而驚，這裡不是紐約，也不是巴黎，是經過了四十年不同政治體制的故國，是以爲這一輩子不再相逢的老家；如今置身在此，是好夢成眞，所感受到的一切印象，不論是好是壞，無非是償還四十年來的相思債吧！

變貌了的故鄉

這不是我心目中的西湖

杭州是我們這次大陸之旅的第一站。我們在午夜十二時風塵僕僕地從上海坐了四個鐘頭的小型旅行車趕來的。第一次置身在大陸的名城裡，一路上我都睜大眼睛好奇地東張西望。可是，公路上漆黑一團，進了城雖然有了燈火，馬路上卻也闃然無人，什麼也看不見。杭州於我，竟然是一團迷霧。

第二天一早去遊西湖，我興奮得一顆心砰砰地跳。從小就聽說西湖之美，而舊詩裡對西湖的描繪，像「若把西湖比西子，淡粧濃抹總相宜」、「最是湖東行不足，綠楊蔭裡白沙堤」等名句，也早已攫住了我的心。如今居然來到我的夢中仙境，怎能不狂喜？然而，一登上那艘載滿了遊客的遊輪，我就覺得這不是我心目中的西湖。我以為到西湖遊湖，應該坐在張着白布篷的木船裡，有舟子操舟，遊客坐在船艙的籐椅上，閑閑地品着龍井茶、嗑着瓜子，一面欣賞湖光山色，這樣才有情調呀！那像我們這樣一兩百人擠在一艘機動船上，乘風破浪地在湖上奔馳，然後地陪（導遊）吆喝着：「這裡就是三潭印月！這裡就是蘇堤！呃！那邊是孤山！」而乘客的頭就隨着他的手指急忙忙地轉動，結果卻什麼也看不到。

可能因爲正值星期日，遊人特別擁擠之故，後來捨舟登陸，走過九曲橋，走過觀魚的花港，去過岳王墓，去過靈隱寺，我還是不能體會出西湖之美。直到參觀了古色古香的西泠印社，走到「樓外樓」（我一想到「山外青山樓外樓」這一句詩就對它發生好感）前的湖畔，在飄拂的垂柳下眺望湖中綠楊掩映的「白堤」，再過去一點則是遠山含翠，湖水凝碧的畫面。而這一帶遊人較稀少，也看不到那些形象與山光水色極不調和的遊輪；於是，我總算欣賞到西湖美的一面。不過，這種走馬看花般的旅遊，又使人得到了什麼呢？其實，環繞着西湖的地區就是一個廣大無比的公園，我們看到的只是其中的一部分而已。

不見黃山眞面目

我幾乎是衝着黃山的大名而參加這個旅行團的。胡裡胡塗地跟着一團人從杭州坐了八小時的遊覽車來到位於安徽南部的黃山的登山纜車站。原以爲一下遊覽車就可登上纜車，誰知卻因爲纜車不能承受行李的重量，我們每人都得拖着或提着全部行李走一段斜坡路，先把大行李（皮箱）寄放在一家旅館裡，再帶着隨身行李坐纜車到山上旅館過夜。隨身行李本來很簡單，但因山上氣溫低，不得不帶些禦寒衣物，這樣就有些重量了。我們辛辛苦苦又跑回纜車站，上了纜車，十分鐘後就到了一千七百公尺的白鵝峰。假使旅館就在這裡，那是毫無問題的。不幸的是，我們還得爬二三十分鐘陡峭的石階才能到達位於更高處的旅館，我們幾個體力不勝的老女人就不得不叫苦連天了。一面氣喘吁吁地爬着，我患過關節炎的雙膝開始痛了起來，這時我不免後悔自己的不自量力，還以為上黃山就跟上阿里山差不多哩！大畫家劉海粟先生以九十多歲的高齡還能九上黃山，而我還未走到山巔就已力竭，眞是太慚愧了。

由於餘悸猶存，第二天也沒有跟大夥兒去看日出（因為霧大，他們也沒有看到），只在附近不遠處眺望遠山和拍照。黃山有七十二峰，而我們大概只遠觀了十個八個。黃山的四絕：奇松、怪石、雲海、溫泉，也因風大、霧大而只看到了奇松，其他通通錯過了，回來後翻閱買來的明信片和畫册，才知道它處處都是勝景，簡直美不勝收。去了一趟，還得以臥遊來過癮，看不到黃山的眞面目，是因為自己身在山中嗎？

離開黃山前，也在山腰的溫泉區逗留了半天。這裡是一個山谷，群山環抱，中間奔流着一道桃花溪，四周環繞着一座座新式旅館，公園中古木參天，繁花似錦，是另外一種美。可惜那天大雨如注，掃盡遊興，天公不作美，還有什麼話可說呢？

桃源裡的人家

能夠參觀安徽黟縣的西遞村，是此行一個意外收穫。這個村建於北宋時代，已有九百餘年歷史，村中最古老的房舍也有三百年左右。從外觀看去，灰瓦白牆，屋簷上翹（當地稱爲馬頭牆），古樸幽雅，是典型的徽派建築，這裡是安徽省重點文物保護單位，有指定的專人帶領參觀。我們訪問了好幾戶人家（大概就是所謂的樣板家庭吧？）大都是官宦人家的後代，也有校長之家，所以屋裡佈置儘管陳舊而簡樸，但都掛滿了書畫，完全是詩禮傳家的風範。這些房屋都是進門有天井，天井上有天窗，大廳正中擺着八仙桌，兩旁是太師椅，一看就令人發思古的幽情，也想起了孩提時我的外公的家。

西遞村的巷道全用青石板鋪成，有電力而無自來水，婦女們蹲在水溝旁浣衣，古風猶存。路旁晒晾的衣服有些補了又補，是名副其實的百結鶉衣；但偶然也看到打扮得頗爲花俏的少女。少數的屋頂上有電視天線，一般的廚房裡則還用木柴燒飯。聽說此村素有「桃源裡人家」之稱，若不是經常被觀光客騷擾，他們大概還是葛天氏之民哩！

村中有一家簡陋的友誼商店，出售一些安徽土產之類，顯然是爲觀光客而設，另外也看到一兩家更加簡陋的燙髮店。除此之外，若非牆上的一些簡體字在提醒我們，眞以爲自己是走進了時光隧道。

走進了歷史的中國

的確，我們走進了時光隧道，走進了歷史。當我們的遊覽車馳向武漢，我一看到面臨長江的那座黃色宮殿式建築物——黃鶴樓，然後晚上又在古城荊州吃晚飯時，馬上就感覺到自己走進了唐詩的中國和三國時代的中國。可不是？在宜昌一登上了那艘豪華遊輪，逆流而上之後，唐詩中和三國演義中的部分地名便都一一出現：西陵峽、秭歸、奉節、巫山、巫峽、神女峰、孔明碑、白帝城、棧道、張飛廟、八陣圖、瞿塘峽、夔門、孟良梯……使我陶醉在名山勝水之餘，幾乎忘記了自己是個二十世紀九十年代的人。

大概是在經歷了上黃山那段艱辛的旅程之後，我覺得乘坐遊輪遨遊長江三峽，眞是此行最愜意的一段。船行極慢，爲的是使遊客可以盡情飽覽兩岸風光，所以完全不會感到絲毫不適。第一晚船泊在巫山縣，我就在舒適的船艙中酣然入睡。雖然沒有聽到猿啼，也感覺不出「巫山巫峽氣蕭森」；不過，一想到自己曾經有過夜泊巫山的詩意經驗，也就覺得不虛此行。

三峽之中，以西陵峽最長，共七十四公里，灘多水急，河面也最狹窄。船隻從兩岸聳立的奇峰和峭壁下駛過，頓覺人類渺小有如螻蟻。巫峽長四十四公里，以幽深秀麗取勝。最後的瞿塘峽只有八公里，此時已接近重慶了。沿岸的許多奇岩怪石都安上了不同的名稱，但都附會而牽強，有時簡直怎樣看也不像，也就懶得去記。

小三峽

長江水混濁如黃河，不過，它的支流大寧河則清澈澄碧。從巫山縣的龍門口，我們換乘柳葉船（一種機動小船）到大寧河的小三峽探勝，沒想到，小三峽的景色比三峽秀麗得多。此地未受文明污染，保留原始風貌。峰更奇，山更青，水更綠，兩岸都是看不盡的千奇百怪的危崖、峭壁、岩層和鐘乳石。大自然的鬼斧神工，令人嘆爲觀止。此時但恨自己不是個攝影家或畫家，這裡景色的瑰麗詭異，實在不是文字所能形容。從前在電視上看過縴夫在岸上拉船上灘的鏡頭，也在這裡的銀窩灘遇上了。不過，這個水流湍急的險灘經過人工整頓之後，已不復往昔的驚險，加以我們乘坐的是機動船，兩個船夫上岸稍稍牽拉了一下，便輕易的上了灘。

小三峽兩岸的石灘上有無數各式各樣的美麗小石子，因爲上面有着白色點狀紋路，名叫雨花石。有些村童撿拾來賣給遊客，幾枚小石子賣個一塊錢，雖是不勞而獲，本也無可厚非。但有些竟把極平凡的石子染上顏色來騙錢，失盡淳樸的天性，那就未免可悲了。

乘坐柳葉船遨遊小三峽雖然只不過半天光景，但是它所給予我美好的印象卻遠過此行其他的地方。

山城一瞥

抗戰勝利那年，我在重慶待過九個多月，畢竟那已是四十四、五年的往事，記憶已很模糊，只有一些地名像海棠溪、朝天門、西路口、上清寺、黃桷椏等還殘存在腦海裡。這次在重慶有一天半的停留，當我們的車子在市區和近郊的名勝到處奔馳時，我睜大眼睛，想找尋一些陳年遺跡；但是，山城的變化太大了，路名也幾乎全改，我看到的竟完全是陌生的景象，也減輕了我不少鄉愁。

我唯一還記得的是市中心的精神堡壘（那是當年要發揚陪都精神的象徵啊！）如今這裡卻矗立着一座「解放碑」，看了很不是味道。這裡是山城的商業中心，路上行人摩肩接踵，擠得水洩不通。我們曾經走進一家外表看來頗宏偉的百貨公司去參觀，裡面光線幽暗，貨色很少，給人以一種破落而冷清的感覺。

大陸人民不論城鄉多以脚踏車代步，唯獨重慶不然，那是因爲地勢過高，上坡路太多，騎車過於吃力之故。從我的觀察以及觀光資料的介紹，我發現這座被列爲長江三大火爐（其他二座爲南京和武漢）之一的山城有三多：舞廳多、歌廳多、電影院多。爲什麼呢？是天氣太熱（夏天高達四十度以上），大家都想鑽進冷氣間？還是貪圖感官的享受原來就是人的天性？

變貌了的故鄉

廣州是我們此行的最後一站，但是卻只有幾個小時的逗留。一走出白雲機場，聽到了親切的鄉音，我的心都幾乎因爲興奮而跳出來了。車子沿着白千層夾道的狹窄公路開進市區，很失望的，又跟在重慶一樣，一切都已變貌，我看不到任何熟悉的東西，這個我生於斯長於斯的南方大城於我仍是陌生的。

在大雨中，「地陪」帶我們去遊覽中山紀念堂、黃花崗七十二烈士碑、鎭海樓、越秀公園⋯⋯，這才拾起了點滴的回憶。不過，這些名勝古蹟也多數不是本來面目了，像七十二烈士碑上的國民黨黨徽已被不倫不類地換了一個自由女神，就是一例。去遊覽陳家祠時，經過廣州的西關一帶，那是我上小學和初中時居住過的地方。從前西關是富豪世居之地，如今已破落不堪，不過我仍然找不到任何舊識的街道或房舍。忽然，車外閃過一面寫着「叢桂路」的路牌，馬上又看到了一家名叫「金聲戲院」的電影院。呀！我上過高小的「市立二小」不是就在叢桂路？而這家電影院也是我小時候經常光顧的。我終於追尋到小部分的舊夢了，可惜只是驚鴻一瞥，等於什麼也沒有看到。由於是團體行動，我連故鄉的親友都沒辦法聯繫，只有期諸異日了。

在幾近滂沱的大雨中，我們於黃昏時分再度走進擁擠吵雜的白雲機場，揮別了我的故鄉，也揮別了十三天以來、百味雜陳的大陸之旅。

十三天的旅程，走過的路很多，看得很多，也想得很多。在這裡，我不想寫遊記，我只是重點式的記下一些個人的觀感和一部分見聞，讓到過上述那些地方的人重溫一下，也給未去過的人作參考，如此而已。

旅遊像逃難

旅遊本來是一樁賞心樂事；但是，有時不幸碰到一些天然或人爲的無可避免的因素，賞心樂事也會變成狼狽不堪的逃難。幾個月前我參加一個大陸旅遊團，就因爲中國民航的一次取消班機與一次嚴重誤點，使我當了兩次「難民」。

現在只說取消那一次。按照行程，我們從黃山下來，在屯溪玩一天，就要搭晚上九時的班機飛上海。然而，只因爲下大雨，中國民航就宣佈取消班機，改爲第二天上午起飛。領隊一聽大驚失色，他說大陸的班機很靠不住，他們根本毫無時間觀念，誰曉得明天是不是眞的飛，萬一又再延呢？我的這一團已訂好了長江三峽遊的船票，要是到時趕不上，船是不會等人的，那些船票豈不泡湯？啥也玩不成？不如把機票退掉，改爲坐遊覽車連夜趕到上海去吧！車程雖然要十小時，但總比明天的飛機快呀！

在屯溪那個簡陋的機場中，跟我們處境相同的旅客不少，而且都是從臺灣來的旅行團，還有一團日本人，目的地全是上海，大部分也決定捨飛機就遊覽車。由於車少人多，想不到因此而引發起一場遊覽車爭奪戰。

我們在那髒兮兮的機場候機室裡枯候着，時間一分一秒的過去，眼見其他旅客一個個都揹起行囊走了，而我們的領隊還沒有回來，顯然是僱不到車子。在既緊張而又疲累的情況下，我們一個個都無精打采地軟癱在長椅上，那副狼狽相，活像一羣難民。

過了好久，領隊才匆匆走進來，說終於搶到一輛麵包車（大陸對九人座小旅行車的別稱），價錢是一萬兩千人民幣，比我們八張飛機票的票價還要貴，是明顯的敲竹槓；我們人少，搶不過那些人多勢衆的，有什麼辦法？麵包車當然比不上遊覽車舒適，爲了趕路，只好請大家將就一點了。不將就又怎麼辦？誰敢冒險去等候明天的班機？就這樣，我們連同領隊共八個人在靠近午夜時心不甘情不願地鑽進了一輛麵包車，兩個很年輕的司機（因爲路遠，他們得輪流駕駛）坐在前座，一共十個人，在大雨滂沱中的子夜，從屯溪起程開往上海。

麵包車裡面有三排座位，我坐在第二排的中間，兩旁是兩位女士，車裡空間小，我既被擠在兩個人中間，膝蓋又頂著前面的椅背，簡直動彈不得。而這種車子座椅的椅背又太低，頭沒得依靠，眞是說有多不舒服就有多不舒服。要是坐短程倒也罷了，聽說要坐十個半小時，那怎麼受得了？這時，我心裡不禁大喊「我的媽呀」，本來是要出來玩的，幹嘛要受這種罪？怪只怪中國民航動不動就取消班機罷！

我們現在是從安徽的屯溪向東北方向駛去，經過浙江省再進入江蘇。起初，我們是在一條兩旁種滿法國梧桐的狹窄而筆直的公路上行駛，雨仍在下著。漸漸，路上一片漆黑，除了車頭燈照射到的部分以外，什麼也看不見；路面又開始顛簸起來，車子像跳曼波似地，把我們的骨頭都抖散了。人已經累極，可是，肩上的頭顱沒地方擱，怎睡得著？坐在我旁邊的女士似乎已經入睡了，她的頭不斷靠到我的肩膀上，髮絲把我的臉弄得癢癢的，使我更加難受，又不好意思把她推開，只好在肩膀發痠時，輕輕把身體挪動一下，使她知難而退。

車廂內寂靜無聲，可能大家都已入睡。我大概也打了一個盹兒，但是很快又醒過來。路上仍然漆黑一片，沒有路燈，很久很久才會碰到一輛路過的車子，都是貨車之類。車子開得很快，雨還在下，路面也始終坎坷不平。這時，我不覺有點害怕起來，既擔心出車禍，又擔心這兩個司機把我們載到偏僻的地方洗刼一空。那可眞是自投羅網，自找罪受了啊！

正坐得腰痠背痛、心浮氣躁的時候，有人說要上厠所，請司機停車帶路。「要找一間乾淨的」，有人加了這麼一句。司機爽快答應，把車停在路旁，叫大家跟他走。在昏暗的燈光下，他指著一間低矮的平房說是女厠，走在最先的一位女士走進去又退了出來，掩著鼻子叫大家不要進去，眞實情形如何，當然就不必問了。當我們無可奈何地一步高一步低的走在泥濘的路上回到車上去時，我不小心踩進一灘水裡。雖然明知剛下過雨，路上有水是平常事，可是那是什麼水呢？眞不敢想下去。穿著一雙濕淋淋的鞋子又是多難受！我又在心裡大喊「我的媽呀」了。

每個人都憋著一肚子氣坐回自己狹窄的座位上，車子繼續上路。不久之後，外面的天色已濛濛亮，公路上開始有了疏落的車輛，路旁也有了一些早起的行人。我們是半夜十二時起程的，走了這麼久，天是應該亮了。就著昏暗的光線看了看腕錶，果然已將近清晨六點，我們的路程應該已走了一半以上。

車子仍然飛馳著。在晨光熹微中，我看到車窗外面的河流、房舍、水田……也看到了湖州、嘉興、吳縣……這些耳熟能詳的地名。這裡正是江南的魚米之鄉，土地肥沃、風景秀麗，我多希望能夠到這裡盡情遊覽；可惜，如今卻像難民似地擠在一輛破舊的小車中徹夜無眠，對美景也只能望望然去之。

八時前，看到了路旁「上海市」三個字，人人爲之精神一振，以爲馬上就到。誰知進入上海郊區後，交通開始堵塞，車行有如牛步，直到十時過後，才抵達我們原來要在此過夜的大飯店，我們也窩在麵包車內足足十小時。

走出車外，人人都喊腰痠背痛、雙腿發麻；加上一夜未睡、也沒有梳洗的狼狽相，眞是十足難民模樣，走進那間富麗堂皇的四星級旅館裡時，竟不免有自慚形穢之感。

在預定的行程中，這個上午我們原來是要遊覽上海幾處名勝的，如今一切全都泡湯，因爲我們得搭下午二時的飛機到武漢，再轉遊覽車到宜昌登上三峽的遊輪。因此，在旅館只待了一個鐘頭，就匆匆離去，除了從旅館到機場那條路線外，上海長的什麼樣子完全看不到，入了寶山，卻又空手而回。害我們的旅遊變得像逃難，又白白損失了上海這一部分的行程，除了中國民航，我們該叫誰來負責？

夜宿機場

動不動就取消飛機以及經常誤點的中國民航公司，他們的英文縮寫CAAC，早已被國際人士開玩笑改為China Airplane Always Cancel（中國飛機總是取消）。做夢也想不到，我第一次到大陸旅遊，一共搭乘了五次飛機，就碰上了一次取消、三次誤點，只有一次準時。而最後一次在廣州白雲機場的誤點，更害得很多人在香港的啓德機場過夜，這都是中國民航惹的禍。

我們一行六人，原來準備搭乘七點三十分從廣州起飛的班機到香港，再搭乘九點起飛的華航回臺北的。大陸現在實施「夏令時間」，要是準時起飛的話，八點左右就可以抵達香港，等於中原時間七點，在時間上應是綽綽有餘的。不幸，中國民航又誤點了一個半鐘頭；也就是說，我們事先雖然訂好了華航回臺北的機票，但是到得太遲，錯過了Check In的時限，人家就把我們的機位給了候補的旅客而把我們「放鴿子」了。

據理（錯不在我們）力爭不得要領之後，退而求其次，換乘別家航空公司吧！也沒有希望。臺港航線一向是熱門的，臨時怎會有空位？在不得已的情況下，只得接受華航第二天中午班機的安排，夜宿機場。經過一再折騰之後，時間已接近午夜，候機大廳內一批批的旅客已隨著班機的起飛陸續離去，賸下的都是跟我們一樣遭遇的天涯淪落人。

爲了趕搭飛機，我們在五點半就在廣州吃過晚餐。在白雲機場等機時又以爲快回家了而把隨身攜帶的一瓶開水給扔了。這時，不但口渴難當，而且也有點餓。最糟糕的是，身上除了臺幣外，旣沒有港幣也沒有美金（在離開大陸時已全部掏光給親人了），爲了解除饑渴，只好不顧高滙率的損失去換了一些港幣，再以高價在唯一尚在營業的酒吧買了一杯汽水來喝。餐廳早已打烊，肚子雖已咕嚕咕嚕在叫，也無可奈何。

有些比較能隨遇而安的人已經橫七豎八的一個人佔了三四個座位躺了下來，呼呼大睡。航空公司借給旅客用的薄毛毯抵禦不了機場大廈強勁的冷氣，我身上雖然穿了一件薄毛衣，還是無濟於事。到處的燈光又是那麼強，光同白晝，又叫人怎能閉眼？還有那些座椅都是中間凹下去的，躺下去又是多麼不舒服？加上又有些不顧公共道德的人在那裏呑雲吐霧，那環境眞是說有多糟就多糟。還好候機室極大，我不必跟這些人擠在一起，於是就「搬」離這個擁擠的熱鬧地區，找到長廊上一處僻靜的角落，「自立門戶」起來。

我還不睏，並且已作好了「長期抗戰」的準備，在隨身的旅行袋中找出一本雜誌，打算以閱讀來消磨長夜。可是，不爭氣的雙眼在不久以後就開始睜不開；而且，放眼看去，幾乎所有的人都入睡了，我又何必逞強，非要衆人皆睡我獨醒不可呢？候機室中座椅的靠背很低，頭部都沒有地方靠，那是不可能睡的。忽然，我靈機一動，把旅行袋靠牆擱在椅背上，等於把椅背加高，我的頭得以靠着，也許可以打一個盹吧？

大概眞的是累了，即使在刺眼的燈光下和強勁的冷氣中，我裹緊薄薄的毛毯坐著，也居然睡着。不幸，纔睡着不久，負責地板打蠟的女工便開始工作，轟隆轟隆的打蠟機聲由遠而近，又由近而遠，持續了一兩個鐘頭，而我也始終處在半睡半醒的狀況中接受噪音的侵襲。

雖說長夜漫漫何時旦，但是黎明也終於在大家的期盼中來到。從落地玻璃窗一看到曙光出現，我不禁輕輕呼出了得救的一口氣，一夜悽慘的「難民經驗」總算結束。

人們也陸續起來了。這時的氣溫更低，有許多人披著毛毯禦寒，也有人把雨衣穿在身上的，奇形怪狀，不一而足，那狼狽的模樣就更像難民。

一個個子極爲矮小的老太太，包著頭巾，身上穿著一件發皺的旗袍，足穿球鞋，雙手抱著皮包，在衆目睽睽下來回慢跑，動作滑稽可笑，算是熬過一整夜無聊時刻後的一點調劑吧？

七點，候機室中的兩家餐廳都開始營業了，捱餓捱了十幾小時的旅客紛紛去解決民生問題。自助式的早餐，櫃臺裏面的服務人員態度相當惡劣，價錢也貴得不合理；但是，又有甚麼辦法？一個願挨，一個願打嘛！

除了小時候逃難曾經有過一次整夜沒得睡覺的經驗外，這次在機場過了一夜的遭遇還是生平第一次。雖然不是餐風宿露，但也飽受饑、渴、寒冷之苦。

由於中國民航經常誤點，聽說在啓德機場夜宿的臺灣旅客每天都有。下一次，假使我還要從大陸到香港轉機回臺的話，我一定要隨身帶一件厚外套、一壺水、一些乾糧；最好還帶一個吹氣的枕頭，不——最好帶一個睡袋！

乍見翻疑夢

在初冬暖陽下，由幾位親人陪同着，我們借了一部小型的旅行車，在睽違了四十一年的廣州市市內外作了一次懷舊之旅。

文德路四十七號，是我們婚後的第一個家，也是住在廣州市幾位同輩親人到過也記得的地點。安排這次懷舊之旅的表弟建議我們先到這裏，一路上他指指點點，告訴我好些稔熟的路名和建築物的名稱；但是那些馬路和建築物，對我卻完全是陌生的。是歲月太遙遠還是這裏的變化太大？我不知道，我只感到一陣茫然。

「文德路到了！」有人喊着。我探頭車窗外，看見的是狹窄的馬路和兩旁破舊的樓房與簡陋的小店，已完全不是當年清靜的文敎區面貌。

我們下車步行，居然一下子就找到了四十七號。路名未改，門牌未改，然而三層的港樓竟然破敗得不復相識，而樓側一條大水溝已塡平了，上面蓋了一些低矮的平房，更顯出一種落後社區的模樣。隔兩間屋子的「留美同學會」舊址還在，也一樣的變得汚黑陳舊，無復當年的氣派。

表弟陪我們爬上那道似乎從來沒有人打掃的樓梯來到三樓，一看到那扇油漆完全剝落、幾已腐朽的木門，不禁倒抽了一口涼氣，這就是我們當年嶄新的住宅？我不相信。按鈴按了半天，這才有一個胖胖的中年婦人來應門，我們告訴她四十多年前曾居於此，這次回鄉探親，想來看看故居。她倒是相當友善地讓我們進去「參觀」。天啊！陽臺上堆滿雜物，客廳不見了，臥室不見了，代替的是用薄木板隔成的五間房間，到處又髒又亂，完全是一個大雜院，也不知住了多少人家。廚房和厠所還是原來的樣子，不過卻是骯髒不堪。

匆匆巡視一番，內心情緒激動，不能自已。魂牽夢縈了四十年的故鄉故居一旦重晤，爲什麼已經面目全非，不復相識？一種惶惑不安、如夢似幻的感覺充塞五內，霎時間，我想到的是一句多少年前讀過的唐詩「乍見翻疑夢」，而不是絕大多數還鄉客「少小離家老大回，鄉音無改鬢毛催」那種感觸。

在那扇斑駁剝落的大門前照相留念後，爲了表示對房子主人的謝意，我塞了一張當地的十元鈔票給那位太太。她推辭再三才接受，也稱得上是一位很有教養的君子了。我快快地下樓去，雖然在街上數度回頭仰望那棟破樓；不過我知道我是不會再來的了，因爲這已不是我的故居。

回到四十年前的故居不算稀奇，再看到一甲子以前住過的房子，那才是我這次還鄉的最大收穫。看完了文德路的故居後，我們一行多人又驅車到廣州河南康樂區的中山大學（從前是嶺南大學的校園）去找尋當年先父在嶺大任教、我在附屬幼稚園上學時的教授宿舍。

當然，經過了六十年的歲月，滄海桑田多變化，而校園又大，眞不知從何着手。從前，嶺大對外交通要靠小汽輪，沿着珠江向西行駛向廣州市區，所以校門外就是碼頭。現在因爲有橋樑直通市區，校門也就改了方向。我們在宿舍區像沒頭蒼蠅那樣瞎撞了一番之後，終於，在高齡八十一的堂姊（她從小就住在我們家裏）的指點下，她記得屋旁就是通向碼頭的大路，大路對過是一座禮堂；於是，我們先找大路，再找禮堂，可不是？路旁那幢雙拼式紅牆綠瓦的二層小洋房不就是我們的目的物？

可能我對幼時住過的這幢房屋特別眷戀吧？二十多年前我曾經寫過一篇「我又回到那幢陰涼的住宅中」，以追懷這間漂亮舒適的住宅，所以對它印象比較深刻。因此，雖然睽違了一個甲子之久，而那時我又還是童騃無知；但是我竟然依稀認得。這一刻，「乍見翻疑夢」的感覺又比在文德路更加強烈，彷彿走進了時光隧道，我也回到童年。

只是，紅牆綠瓦都已褪色，屋子也顯出了年久失修的衰敗。堂姊記性眞好，她說門前原來種的一棵是白蘭樹、一棵含笑、一棵木瓜；花園裏還有各種花卉和草坪。而現在，花園變成了一片荒地，兩棵枝椏光禿的小樹之間架起了一根晒衣竹竿，幾件灰灰舊舊的衣服晾在那裏迎風招展。

我和堂姊都記得我們是住在雙拼式洋房的左側，她說屋左突出的部分就是廚房；而我也記得屋後是稻田，不過現在已變成了一排排的房屋。

大門是敞開的，堂姊領先走了進去，我跟在後面，其他的人在外面等候。屋子裏陰森森的，過道上空無一物。進客廳的門關着，樓梯腳也裝了門，靜悄悄似乎沒有人在。看情形，這種教授獨棟住宅也被改成好幾戶的公共宿舍了，要不然，為什麼到處裝上門？文德路舊居變成了大雜院、貧民窟，這裏又怎能例外？只不過因為它是大學校園，住的人到底是知識分子，髒亂程度比較不那麼嚴重罷。

聽親人說，嶺大已停辦多年，校園怎會被中大接收的，他們都不大清楚。據我的猜想，這恐怕和嶺大是教會學校有關；在早年的共產社會中，宗教（尤其是西方的）原是一種禁忌啊！

校園中心的大草坪上，豎立着一座 國父孫中山先生的銅像。中共與奉行三民主義的我們為敵，卻對中山先生十分尊崇，這也是一個怪現象。

我們在褪了色的紅牆綠瓦故居前留影，以證實我的重來不是夢。我們也在中山先生銅像前留影，校名雖已更易，但這畢竟是先父和我的母校校園。

一日之間，在睽違了四十一年的故鄉看到了兩處魂牽夢縈的故居，這種好夢驟然成真的感覺，是這樣的不真實，不可置信，而殘酷的現實也粉碎了我的美夢；但是，我畢竟回來過了，可惜我還是惘然。

相見爭如不見

——褪色的灕江

未到臺灣以前，我在大陸所居住過或者遊覽過的地方不算多；其中，有些因爲當時年紀小而記憶不清；有些因爲停留時間短而印象不深；唯有從桂林到陽朔這一段的灕江。我雖然只是坐船經過兩次，但是它那空靈秀逸的山水卻是深深嵌進了心坎，四十幾年來魂牽夢縈，嘗盡了刻骨的相思之苦。然後，我又終於看到了它；可是……

這次到大陸探親，我們在桂林只有四天的停留，在一種「景物既不依舊，人事又已全非」的失望心理下，因爲還存著一絲「也許陽朔會變得少一些」的希望，而參加了當地旅行社所辦的陽朔一日遊。

八時許旅行社派車來接，車上除了我們一行四人外，另有六名金髮碧眼的西方青年男女，他們說的是一種我們聽不出是那一國的語言，彼此都沒有搭訕。

小型旅行車駛出桂林市區後，沿著一條寬闊、平坦而筆直的公路風馳電掣，兩旁風景也漸漸誘人，筆立的石峰一座接一座展露出它們奇特的雄姿，令人目不暇給。路上往來車子很少，走了一小時路仍然是直的，沒有轉過彎，我想這條路一定是爲了到陽朔觀光的車輛而開闢的。

車行一小時後，穿過了陽朔的市街來到灕江岸邊，那是一處淺灘，地面上全是碎石、泥沙和煤屑，又濕又髒，站在那裏很不是味道。岸邊停泊著幾艘簡陋的汽船，大概就是我們要搭乘的「遊艇」了，旅行社的安排顯然不夠完善，帶我們來的人要我們上了其中一艘，等一下又要我們換乘另一艘。幾經折騰，我們終於被安排和那六名外國人搭一艘船。眞是因禍得福，其他的船都是載三十幾個遊客，而我們這一艘雖然比較小，卻只有十個人，淸靜得多了。一開船，那六個西方人就都到上層甲板去曬太陽，船艙就完全屬於我們四個人。

現在，汽船是逆流而上。睽違了四十多年的灕江爲什麼不是從前的樣子了？記憶中的灕江江水澄碧，淸可見底，而目前的江水卻是相當混濁，兩岸也不時出現一些醜陋的房舍，景色一點也不美麗。我心痛如絞，彷彿見到一位原來靑春美貌的親人變得老醜不堪。失望兩個字又怎能形容我此時所遭受到沉重的打擊？

當然，卽使陽朔風景甲桂林，從陽朔到桂林的這一段灕江，也不見得處處都是美景；漸行漸遠之後，然後，我們漸漸看到了一層又一層的遠山和近巒，它以各種奇妙之姿聳立在岸邊，而江水又像鏡子般反映出它們的側影，形成一種如夢似幻的景色。於是，我記憶中的灕江漸漸出現了，我又有了人在畫圖中的感覺。

儘管岸上遠近的青山依舊，人也仍似在畫圖中；可是，不久之後，我又感覺到今日的灕江已非昔日那道「欸乃一聲山水綠」的清流。河面上，一艘又一艘的遊船順流而下，迎面而來。每一艘船上坐滿了男男女女的大陸人士，他們看到了我們甲板上的洋人，少見多怪，便大聲呼叫，揮手打招呼；一時之間，江上竟然熱鬧異常。這些遊船起碼有一二十艘，想想看它們所製造出的汚染，河水又怎能保持清澈？四十多年前，灕江根本沒有機動船隻行駛，只有漁舟和極少的木船，汚染有限，青山綠水也得以保有原來的面貌。追根究柢，觀光客其實是破壞景觀、汚染環境的罪人。

中午，船家供應午餐，我們四個人一桌，那些老外六個人一桌。菜餚很豐盛—紅燒活魚、青椒炒牛肉、炒蛋、炒青菜……擺滿了一桌，味道也很好，還有啤酒和飲料。然而，一想到飯菜都是用被汚染的河水燒的，那瓶汽水也是摻了色素的，便胃口缺缺了。

一路行去，船上偶然會用擴音機播報岸上的景觀名稱，什麼鯉魚山、五指山、螺螄山、黃布倒影、九馬畫山等等，有些像，有些根本不像。所謂的九馬畫山；我根本連一匹馬都看不出來；對著它拍了一張照片，回來連豎著看還是橫著看也都分不清，實在可笑。其實，遊山玩水，一切順其自然，隨興所至就好，又何必一定要安上那麼多的名堂呢？

當然，要是說今日的灕江毫無是處，那是不公平的。起碼，那些嵯峨聳立的青山還是往日的青山，那些經過億萬年風化而成的石灰岩的千奇百怪還是令人嘆爲觀止；還有，江上的清風也令人神清氣爽。這些年來，我已有過無數次坐遊船的經驗：萊茵河、塞納河、威尼斯、金門灣、尼加拉瀑布、長江三峽、香港的環島遊船，……每一次都是那麼愉快而美好，難以忘懷。比較起來，這次灕江之遊，自是其中最遜色的，岸上景物的變質，河水的渾濁，船上設備的簡陋，在在都減低了遊興。

四時，來到一處名叫楊堤的地方，便捨舟登陸。旅行社的人說過，灕江最美的一段就是從楊堤到陽朔之間，所以，他們的遊覽旅程也只限於這一段。說是「灕江一日遊」，事實上卻只遊了五小時，令人未免有點被騙之感。

上了岸，旅行社派車來接，我們仍與那些老外同車。這時，發現六名老外中少了兩個女孩，原來她們是自助旅行者，已揹起背包徒步前進了。攀談之下，知道這些老外是瑞典人，怪不得聽他們說話就像鴨子聽雷啦！這些北歐人似乎不慣與陌生人聊天；不過，到了桂林大家分手時，他們倒也相當熱情地和我們話別。

魂牽夢縈四十多年的灕江終於重睹；然而，那已不是昔日的灕江，我內心那分失望與失落，雖不致乘興而來，敗興而返，但也有著「相見爭如不見」的淡淡惆悵。假如我沒有再來，在心頭裏一直保有著灕江當年空靈的、絕塵的印象，豈不更好？

閩南初旅

儘管做了閩南人的媳婦已經四十五年，學會了他們的方言，也常聽丈夫吹噓他家鄉的食物如何可口、鼓浪嶼的風景如何美麗；但是，海峽阻隔，我始終無緣踏上這片土地，心焉嚮往，而宿願難償。

然後，到了去年的秋末冬初，終於逮到了一個機會，仲和我以及他的五弟夫婦，四個人一起還鄉，到福建同安去探視濶別了四十多年的他的三弟，又去了厦門和鼓浪嶼，我這才第一次親炙到閩南的風物，還有閩南人濃厚的人情味。

同安

同安縣城古老而落後，仍然保留着五、六十年前的小鎭風貌，磚造的平房、石板街，加上一些穿着舊式衣褲、梳着髮髻的老婦，使人以爲回到童年的鄉間。

仲的三弟住在一間面積頗大而老舊不堪的古屋裏，入夜燈光幽暗，蚊蚋如雷。他在文革時期曾被下放到內蒙勞改，手指在操作機器時被切斷；十年前又不幸中風，行動不便，幾乎整天坐在一張籐椅上，除了逗逗唯一的孫女外，難得開口。我們新婚時他曾住在我們家裏，是個談笑風生的青年，現在看到我們，卻是很少說話。他說他還記得粵語，我們就逗着他說，可是他又往往答不上來，於是我們四個人就摻雜着國、粵、閩南三種語言來交談，極力把氣氛炒熱。

三弟婦是第一次會面，她是道地的鄉村婦女，我原以爲她會因爲我們的來到而羞澀不安；誰知她卻熱情驚人，活潑健談，倒也塡補了三弟的沉默。第一次到他們家，我馬上體驗到閩南人待客之慇懃。我們是下午四點多到達的，才坐下，她馬上請我們坐到飯桌前，爲我們一人捧上一碗熱騰騰的鴨肉麵線，鴨肉燉得極爛，鴨湯極鮮，非常適口充腸。然後，那一大碗麵線還沒消化完，六點多，她又準備了相當豐富的飯菜，要我們吃晚餐。

以後，我們在同安停留的一週裏，我這位弟婦和她的女兒、女婿（爲了陪我們，侄女兩夫婦都請了假不去上班），三個人幾乎整天都站在那間狹小的廚房裏，爲我們烹製午晚兩餐和下午的點心，忙個不停。幸虧我們住在招待所，每天都吃過早點才到他們家，否則他們還要更忙。

用吃來待客，可能是我們中國人的傳統吧？三弟婦不但每天忙於張羅兩餐，每餐還忙着強迫我們進食，她不了解我們這些來自臺灣的人都是對吃飯沒有興趣的，偏偏大陸人的飯量又都相當大，連我們那個六、七歲的侄孫女每頓都能吃上滿滿的一大碗。於是，每餐都展開一場飯碗爭奪戰，她給我們盛滿一碗，我們必定要減回一半或一大半到飯鍋裏。我們撥回去，她又搶着要替我們加添；往往爭得筋疲力盡爲止。然後，她就嘀咕着：「吃這麼一點點怎麼夠啊？」她以爲我們是跟她客氣。

在同安，仲還有好幾個表弟表妹，他們是他舅父的兒女，可是年齡跟他差上一大截，除了大表妹以外，其他的都還沒有見過面。我們給每家一個紅包作爲見面禮，他們沒有道謝，卻是用別的方式來回報。他們在家裏燉參湯和枸杞鰻魚湯，騎着腳踏車辛辛苦苦送到招待所來給我們進補；他們天天買土產糕餅和水果給我們吃；要是我們四人之中有誰略感不適，他們馬上替我們買藥或者陪去看醫生。出門的時候，路遠的他們必定搶着代付三輪車資；走路的話，身爲老大的仲必定有兩名表弟妹左右攙扶着他，他雖然年事已高，但還不至衰老得不能自己行走，在臺北，兒媳們都從來不攙扶他的。想不到回到家鄉卻因被人敬老而經常失去「行動的自由」。

沒回去以前，我常常擔心要跟一些從未謀面的親人相見會不會無話可說。事實證明我的顧慮是多餘的。這些熱情的親人，個個一見如故，親切有加，使我和五弟媳兩個初次還鄉的「外省婆」毫無陌生感，反而覺得賓至如歸。

厦門．鼓浪嶼

同安是我婆婆的故鄉，厦門和鼓浪嶼則是仲兄弟們童年生長之地，所以我們在同安和親人團聚了一星期之後，又到厦門去玩了三天。同安因爲沒有觀光條件，落後自然不在話下；但是，作爲經濟特區，是臺商投資重要目的地的厦門又如何？固然，厦門市面相當繁榮，遊客雲集，有高樓大厦，有百貨公司，但我對它卻沒有什麼好印象。街上人擠人，又髒又亂是原因之一；滿街都是伸手要錢的乞丐，以及向觀光客糾纏不休，想兌換外幣的黃牛，也都令人怕怕。

可笑的是，此間的公共汽車和公路車都沒有固定的站，隨時隨地拉客。車上的售票員都兇巴巴的，把乘客呼來喝去；車票的價錢又往往跟票面的數目不符，令人莫測高深，多問一句，還會挨罵。

厦門雖然是中共最早開放的幾個都市之一，可是在很多方面仍然相當落後。像公共汽車之破舊骯髒、三輪車之簡陋（同安的更簡陋，就像臺灣的送貨三輪車）、小吃店的不衞生等等，都令人望而卻步。最可笑的是很多人家仍舊沒有厠所的設備，而公厠之髒就不必說了。莫名其妙的是，火車站新蓋的公厠還算清潔（要收費），但還是矮牆無門的那種。在共產社會中，大概是連上厠都不能享有隱私權的吧？

我們在厦門停留了三天，除了嚐到慕名已久的道地的厦門炒米粉、薄餅和土筍凍（一種海產做成的凍）外，似乎毫無收穫。一走出旅館大門，由於街上人潮洶湧，寸步難行，既怕扒手，又怕乞丐，每次都像一場噩夢。仲兄弟倆目睹故鄉變成如此面目全非，也只有搖頭嘆息的份兒，認爲不堪回首，簡直是糟蹋了它「花園都市」的美譽。

我們也曾乘坐渡輪，環繞鼓浪嶼一週。這種渡輪也是十分原始簡陋，還好繞行一週不過二十分鐘，也就不必過於講究。從前老聽仲說鼓浪嶼如何如何漂亮：山上遍佈着精緻的花園洋房，綠蔭處處，道路整潔，沙灘的沙細而白，正是理想的海水浴場。然而，當我們捨舟登陸，踏上這座心目中的人間仙島時，馬上就幻象破碎，大失所望。當年漂亮的小洋房那裏去了？潔白的沙灘又那裏去了？雖然這個小島還不至於像厦門街頭人擠人那麼可怕；不過，環境的髒亂、房屋的破舊，又與大陸其他地方有什麼分別？當然，人會衰老，城市也會變老舊；四十多年的失修（沒有遭到破壞已算萬幸），又叫它怎能保持原來的樣子？

從前在學校讀本國地理時，福建省是教科書和老師比較忽略的一課，因此我對它也是所知有限。這次初來乍到閩南兩地，又看到什麼？除了濃郁的親情和人情味之外，這些電力普遍不足（旅館和住家的燈光都十分幽暗）的僑鄉，跟大陸其他任何都市並沒有兩樣。在一片改革的呼聲中，挨窮吃苦多年的老百姓也漸漸陷入物慾橫流中，舞廳、電影院、電玩店、咖啡室經常客滿；男人烟不離手，婦女要化粧打扮；家庭中有了電視機還要錄影機，有了電唱機又想卡拉ＯＫ。吃喝玩樂是永難饜足的人之大慾，共產教條根本壓抑不了人性；高幹們豈不也過着窮奢極侈的生活？

這是我第二次回大陸，第一次到閩南，也是第一次還鄉探親。純探親的心境和純旅遊是迥然不同的；也許「子侄漸親知老至，江山無故覺情生」這兩句詩差堪描繪一二吧？

韓非子析論	謝雲飛 著
韓非子的哲學	王邦雄 著
法家哲學	姚蒸民 著
中國法家哲學	王讚源 著
二程學管見	張永儁 著
王陽明——中國十六世紀的唯心主義哲學家	張君勱原著、江日新中譯
王船山人性史哲學之研究	林安梧 著
西洋百位哲學家	鄔昆如 著
西洋哲學十二講	鄔昆如 著
希臘哲學趣談	鄔昆如 著
中世哲學趣談	鄔昆如 著
近代哲學趣談	鄔昆如 著
現代哲學趣談	鄔昆如 著
現代哲學述評(一)	傅佩榮 編譯
中國十九世紀思想史(上)(下)	韋政通 著
存有・意識與實踐——熊十力《新唯識論》之詮釋與重建	林安梧 著
先秦諸子論叢	康端正 著
先秦諸子論叢(續編)	康端正 著
周易與儒道墨	張立文 著
孔學漫談	余家菊 著
中國近代哲學思想的展開	張立文 著

宗教類

天人之際	李杏邨 著
佛學研究	周中一 著
佛學思想新論	楊惠南 著
現代佛學原理	鄭金德 著
絕對與圓融——佛教思想論集	霍韜晦 著
佛學研究指南	關世謙 譯
當代學人談佛教	楊惠南 編著
從傳統到現代——佛教倫理與現代社會	傅偉勳 主編
簡明佛學概論	于凌波 著
修多羅頌歌	陳慧劍 著
禪話	周中一 著

自然科學類

異時空裡的知識追求
——科學史與科學哲學論文集　傅大為 著

社會科學類

中國古代游藝史
——樂舞百戲與社會生活之研究　李建民 著
憲法論叢　鄭彥棻 著
憲法論衡　荊知仁 著
國家論　薩孟武 譯
中國歷代政治得失　錢穆 著
先秦政治思想史　梁啓超原著、賈馥茗標點
當代中國與民主　周陽山 著
釣魚政治學　鄭赤琰 著
政治與文化　吳俊才 著
中國現代軍事史　劉馥著、梅寅生 譯
世界局勢與中國文化　錢穆 著
海峽兩岸社會之比較　蔡文輝 著
印度文化十八篇　糜文開 著
美國的公民教育　陳光輝 譯
美國社會與美國華僑　蔡文輝 著
文化與教育　錢穆 著
開放社會的教育　葉學志 著
經營力的時代　青野豐作著、白龍芽 譯
大衆傳播的挑戰　石永貴 著
傳播研究補白　彭家發 著
「時代」的經驗　汪琪、彭家發 著
書法心理學　高尚仁 著
清代科舉　劉兆璸 著
排外與中國政治　廖光生 著
中國文化路向問題的新檢討　勞思光 著
立足臺灣，關懷大陸　韋政通 著
開放的多元化社會　楊國樞 著
臺灣人口與社會發展　李文朗 著
日本社會的結構　福武直原著、王世雄 譯

財經文存	王作榮 著
財經時論	楊道淮 著

史地類

古史地理論叢	錢 穆 著
歷史與文化論叢	錢 穆 著
中國史學發微	錢 穆 著
中國歷史研究法	錢 穆 著
中國歷史精神	錢 穆 著
憂患與史學	杜維運 著
與西方史家論中國史學	杜維運 著
清代史學與史家	杜維運 著
中西古代史學比較	杜維運 著
歷史與人物	吳相湘 著
共產國際與中國革命	郭恒鈺 著
抗日戰史論集	劉鳳翰 著
盧溝橋事變	李雲漢 著
歷史講演集	張玉法 著
老臺灣	陳冠學 著
臺灣史與臺灣人	王曉波 著
變調的馬賽曲	蔡百銓 譯
黄　帝	錢 穆 著
孔子傳	錢 穆 著
宋儒風範	董金裕 著
增訂弘一大師年譜	林子青 著
精忠岳飛傳	李 安 著
唐玄奘三藏傳史彙編	釋光中 編
一顆永不殞落的巨星	釋光中 著
新亞遺鐸	錢 穆 著
困勉強狷八十年	陶百川 著
我的創造・倡建與服務	陳立夫 著
我生之旅	方 治 著

語文類

文學與音律	謝雲飛 著
中國文字學	潘重規 著

中國聲韻學　潘重規、陳紹棠　著
詩經研讀指導　裴普賢　著
莊子及其文學　黃錦鋐　著
離騷九歌九章淺釋　繆天華　著
陶淵明評論　李辰冬　著
鍾嶸詩歌美學　羅立乾　著
杜甫作品繫年　李辰冬　著
唐宋詩詞選——詩選之部　巴壺天　編
唐宋詩詞選——詞選之部　巴壺天　編
淸眞詞硏究　王支洪　著
苕華詞與人間詞話述評　王宗樂　著
元曲六大家　應裕康、王忠林　著
四說論叢　羅盤　著
紅樓夢的文學價値　羅德湛　著
紅樓夢與中華文化　周汝昌　著
紅樓夢硏究　王關仕　著
中國文學論叢　錢穆　著
牛李黨爭與唐代文學　傅錫壬　著
迦陵談詩二集　葉嘉瑩　著
西洋兒童文學史　葉詠琍　著
一九八四　Georgf Orwell原著、劉紹銘　譯
文學原理　趙滋蕃　著
文學新論　李辰冬　著
分析文學　陳啓佑　著
解讀現代、後現代
——文化空間與生活空間的思索　葉維廉　著
中西文學關係硏究　王潤華　著
魯迅小說新論　王潤華　著
比較文學的墾拓在臺灣　古添洪、陳慧樺主編
從比較神話到文學　古添洪、陳慧樺主編
神話卽文學　陳炳良等譯
現代文學評論　亞菁　著
現代散文新風貌　楊昌年　著
現代散文欣賞　鄭明娳　著
實用文纂　姜超嶽　著
增訂江皋集　吳俊升　著

孟武自選文集	薩孟武 著
藍天白雲集	梁容若 著
野草詞	韋瀚章 著
野草詞總集	韋瀚章 著
李韶歌詞集	李韶 著
石頭的研究	戴天 著
留不住的航渡	葉維廉 著
三十年詩	葉維廉 著
寫作是藝術	張秀亞 著
讀書與生活	琦君 著
文開隨筆	糜文開 著
印度文學歷代名著選(上)(下)	糜文開編 著
城市筆記	也斯 著
歐羅巴的蘆笛	葉維廉 著
移向成熟的年齡——1987～1992詩	葉維廉 著
一個中國的海	葉維廉 著
尋索：藝術與人生	葉維廉 著
山外有山	李英豪 著
知識之劍	陳鼎環 著
還鄉夢的幻滅	賴景瑚 著
葫蘆·再見	鄭明娳 著
大地之歌	大地詩社 編
往日旋律	幼柏 著
鼓瑟集	幼柏 著
耕心散文集	耕心 著
女兵自傳	謝冰瑩 著
抗戰日記	謝冰瑩 著
給青年朋友的信(上)(下)	謝冰瑩 著
冰瑩書柬	謝冰瑩 著
我在日本	謝冰瑩 著
大漢心聲	張起鈞 著
人生小語(一)～(四)	何秀煌 著
記憶裏有一個小窗	何秀煌 著
回首叫雲飛起	羊令野 著
康莊有待	向陽 著
湍流偶拾	繆天華 著